UNE COMPAGNE INSOUPÇONNÉE

LA FIÈVRE DES OURS, TOME 2

VIVIAN AREND

The Bear's Fated Mate / Une compagne insoupçonnée

Copyright © 2019 par Arend Publishing Inc.

ISBN : 9781989507391

Traduit par Marine Sander pour Valentin Translation

Conception de la couverture © Damonza

Journal personnel, Giles Borealis, Sr.

Je ne vais pas renvoyer de message à mes petits-fils. J'ai déjà expliqué les règles à ces gros bêtas d'ours têtus, et je n'aime pas me répéter.

Cependant, en vieillissant, je me rends compte qu'il est nécessaire de griffonner quelques notes pour s'assurer de ne pas oublier toutes les ficelles que je tire. Vieillir est à la fois un privilège et une souffrance. L'alternative ne me plaît guère plus, mais là n'est pas la question.

Pour l'instant, je vais pavoiser un peu. À mon âge, on appelle ça la fierté, et ça me va très bien. Ce soir a été un véritable plaisir. Je n'aurais jamais imaginé que le jeune James serait le premier à se ressaisir et à assumer ses responsabilités. Accouplé à vingt-six ans ! C'était l'âge que j'avais lorsque j'ai rencontré ma Laureen, et cela fait cinquante-huit ans que nous sommes heureux en accouplement.

La compagne de James, Kaylee, avec son esprit discret et plein de ressources, représente le juste équilibre avec l'énergie de ce garçon. J'ai su que ces deux-là étaient faits l'un pour l'autre dès la première fois où je les ai vus se tourner autour, il y a des années. Ceux qui ont d'abord été amis forment les meilleurs couples. Tout du moins, c'est ce que Laureen m'a répété à maintes reprises. Qui suis-je pour contredire ma tendre moitié ?

Je sais également qu'un autre type de relation peut se développer rapidement et devenir solide. Si on ne peut pas être amis au premier abord, devenir ennemis jurés peut s'avérer être tout aussi valable.

Alex pourrait me contredire...

De qui je me moque ? Bien sûr qu'il me contredirait !

Après tout, c'est un ours Borealis. Je le connais bien, il n'est pas du genre à accepter une femme qui lui serait inférieure. Il lui faut de l'intelligence, des muscles et une capacité à raconter des conneries encore plus grandes que lui.

En somme, il lui faut une femme qui représente un défi, et celle que j'ai en tête correspond parfaitement au profil. Ils se complètent sur tous les plans, mais il y a une chose qu'elle fait mieux que lui : admettre qu'elle a besoin d'aide.

Aucun mâle Borealis ne demande de l'aide de son plein gré. Mon épouse raconte que c'est parce que nous sommes têtus comme de vieilles mules, et c'est vrai, mais je sais également qu'il y a une raison cachée. Nous ne sommes pas assez courageux pour oser être vulnérables, pas même lorsque nous devrions l'être. Je n'admettrai jamais ce défaut à voix haute, bien sûr.

Ni la vie ni l'intégrité physique de Lara Lazuli ne sont en danger. Il serait hors de question que je garde mes distances et que je la laisse affronter ce genre d'idioties sans intervenir, même si ça compromettait ma mission d'entremetteur.

Non, elle va simplement être coincée entre le marteau et l'enclume. Elle trouvera la meilleure solution, et mon petit-fils ne verra rien venir.

Lara est un sacré bout de femme. Son loup est une force de la nature et je parie que nous célébrerons un autre accouplement dans la famille avant même qu'Alex s'en rende compte.

Je ne vais pas le presser. J'ai prévu de passer du temps avec ma chère et tendre cet été. Passer du bon temps avec Laureen peut vouloir dire qu'Alex devra me remplacer à quelques reprises. Cela peut vouloir dire qu'il devra prendre ma place à des événements qui le mettront dans la position idéale pour côtoyer la meilleure chose qui ne lui soit jamais arrivée. Des événements comme le rendez-vous auquel je viens de l'obliger à assister.

Rien qu'à entendre la voix d'Alex lorsque j'ai parlé avec lui il y a quelques minutes, je sais qu'il est déjà légèrement décontenancé. Pile ce que je voulais.

Pas de repos pour les braves, comme le dit toujours ma chère compagne. Je n'ai pas la moindre idée de ce qu'elle veut dire par-là.

En attendant, j'ai une dernière lettre à envoyer pour tout préparer en vue de l'hiver et de la chute de mon dernier petit-fils. Puis, ce sera au sort et à la fièvre d'accouplement de terminer le boulot avec Alex pour l'instant, et avec Cooper plus tard.

Si cela ne dépendait que de moi, je m'occuperais de tout, mais même à mon âge, je n'ai pas encore trouvé le moyen de me mêler des affaires de Mère Nature. C'est bien dommage, je pense que je ferais du sacré bon travail si c'était moi aux commandes : jamais dans la demi-mesure !

Giles Borealis, Sr.

1

____

*L*ara Lazuli tourna son visage vers le soleil et se débarrassa de son agacement persistant. Le ciel était dégagé, le soleil brillait et le moteur de sa Maserati rouge vif ronronnait comme jamais.

Elle était déterminée à apprécier les bons moments qui se présenteraient à elle, et elle passait justement un bon moment avec ses vitres baissées et l'air frais et chaud qui venait fouetter ses longs cheveux blanc argenté.

Se concentrer sur la beauté de cette journée estivale lui permettait de se dire que ce n'était pas grave d'avoir eu à supporter toutes sortes de conneries à la maison de la meute Orion, tard la veille au soir. À vrai dire, elle pouvait même dire que ça avait été tôt dans la matinée, vu qu'il était presque trois heures lorsqu'elle était enfin rentrée chez elle, pour qu'on lui hurle dessus sitôt rentrée par rapport à son attitude irresponsable. Cela n'était pas grave si le sujet avait été relancé de nouveau au petit déjeuner ce matin. Cette fois, sa tante avait balancé des absurdités supplémentaires : apparemment, elle fraternisait avec l'ennemi.

Sa sœur aînée et sa tante pouvaient vraiment être agaçantes. Crystal et Tatie Améthyste pensaient être les coqs du poulailler...

Respire profondément. Respire profondément.

Non, elle n'allait pas commencer. Aujourd'hui, elle ne devait penser qu'à faire quelque chose pour elle. Au lieu de protéger et de promouvoir l'entreprise de diamants familiale, elle allait simplement donner ce cours, parce qu'elle appréciait le sujet et qu'elle aimait travailler avec des débutants.

Qui sait ? Peut-être que si les choses tournaient mal avec Minuit Inc. ou la meute Orion, elle devrait chercher à se forger une nouvelle carrière.

En ce moment, elle faisait beaucoup d'efforts pour lutter contre l'envie écrasante de son loup intérieur. Il souhaitait, en effet, démonter sa famille proche, car c'étaient tous de vrais cons.

"Cons", épelé:
T-R-O-U-S-D-U-C-U-L
M-U-E-T-S
C-O-M-M-E
D-E-S
C-A-R-P-E-S.

On pourrait prendre le relais, proposa son loup. *Diriger la meute.*

Super idée. Tu veux que je commence par égorger qui ? répondit Lara. *Crystal agit comme un alpha typique, en plus d'être une grande sœur surprotectrice. Sans parler de Tatie Améthyste qui aura forcément un goût de fumée ! Tu détestes la fumée.*

Dégoûté, son loup grogna. *On peut quand même le faire. En vitesse, et puis on mangera un bon steak.*

Lara ricana, amusée. Cette autre partie d'elle ne la quittait jamais. C'était bien elle, pourtant, c'était résolument un loup, alors qu'elle était humaine. Son loup voyait des solutions plus pragmatiques. Bien qu'il y eût des moments où elle appréciait qu'on lui rappelle de ne pas trop s'embêter avec les détails, elle n'allait pas égorger les membres de sa famille juste parce que ses matriarches étaient plus qu'agaçantes.

En revanche, si elles venaient à dépasser les bornes en termes de mensonges et de cruauté, Lara n'hésiterait pas à riposter.

C'était là le hic. Pour l'instant, elle ignorait ce qui se tramait dans les pièces secrètes du gouvernement du pack Orion. Pour une raison ou une autre, les plus hautes autorités constituées, c'est-à-dire sa sœurette numéro un et sa tata numéro trois, ne lui avaient pas encore rouvert les portes de leur cercle intime.

Quelles crétines cachottières !

Elle fit ralentir sa voiture et entra tranquillement sur le parking du lycée.

Il y avait de nombreux endroits assez grands à Yellowknife pour accueillir une réunion d'information comme celle qu'elle allait tenir, mais la plupart des lieux conservaient des liens d'appartenance qu'elle préférait éviter.

Elle aurait pu tenir la réunion au pub de la meute Orion, le *Sirius Bar*, mais la moitié de son marché cible ne serait pas venue, de peur de froisser la population locale d'ours métamorphes. Elle doutait que la taverne des Diamants, détenue par les ours polaires les plus hauts gradés en ville, eût accepté sa réservation. Ils auraient eu peur que des loups viennent saccager leur vénérable enceinte.

Le palais des congrès, *a priori* neutre, était cependant un peu trop lié à des patronages de Minuit Inc. *et* des Joyaux Borealis – ou « l'ennemi », comme sa tante aimait les appeler – pour faire l'affaire, lui aussi.

Imbécile.

Sa tante, pas le palais des congrès !

Le lycée, quant à lui, était un territoire non considéré sacro-saint. Nostalgique, Lara fit rentrer sa voiture dans l'espace ouvert où elle avait l'habitude de se garer lorsqu'elle y était étudiante, six ans plus tôt. Cela avait été la seule fois de sa vie où elle avait véritablement apprécié l'école. Sa famille avait déménagé à Yellowknife l'été avant sa Terminale, et la renommée de longue date de ses sœurs aînées n'était pas là pour lui faire voir rouge. Oui, *ses* sœurs. Lara était la cinquième du groupe.

Elle contempla le bâtiment qu'elle connaissait bien. De bons souvenirs d'un temps passé avec ses amis surgirent. La plupart d'entre eux avaient déménagé.

La malédiction d'une ville du nord. Ceux qui restaient y restaient pour de bon. Les autres ne faisaient que passer, telle une tempête de neige. Ils étaient là le temps d'un instant, puis ne laissaient derrière eux que souvenirs et glace.

Assez de souvenirs comme ça. Elle se faisait de nouveaux amis. Elle prenait un nouveau départ après cinq années d'université et d'école technique.

Elle attrapa son sac à l'arrière et était sur le point d'avancer lorsque son loup passa en état d'alerte maximale.

Des yeux nous observent.

Lara se figea puis inspira profondément, à la recherche d'une odeur. En penchant la tête sur le côté, elle permit à l'ouïe exceptionnelle de son loup de faire son travail.

Les buissons devant elle tressaillirent légèrement, et Lara rit en croisant le regard du chasseur le plus féroce des couloirs de l'école.

— Mac ?

Le grand chat tigré traversa la haie comme par magie sans se décoiffer d'un seul poil.

Il la salua d'un miaou bruyant et frotta son flanc contre ses cuissardes rouges.

Lara posa son sac au sol pour libérer ses mains et s'agenouilla vers lui afin de le caresser.

— Je me demandais si tu dictais toujours ta loi. Ça fait plaisir de te voir, monsieur Mac le Magnifique ! J'imagine que tu as continué à travailler tes mouvements d'attaque féline de haut niveau.

Il inclina la tête pour lui donner un accès sous son menton et un ronronnement aussi puissant qu'une Harley tournant à plein régime gronda dans sa poitrine.

Lara le posa sur ses genoux et lui fit un gros câlin empreint de maladresse à cause de la grande taille de l'animal et de son propre équilibre précaire du jour, avec ses talons de huit centimètres.

Le grondement s'amplifia jusqu'à dépasser les limites du possible, même pour un chat de sa taille.

Elle se rendit alors compte que quelqu'un d'autre était entré sur le parking. Quelqu'un sur une *vraie* Harley était en train de déraper pour s'arrêter finalement à côté de sa voiture, ce qui fit voler la poussière au passage.

Elle se releva, oubliant le poids imposant de Mac dans ses bras. L'homme sur la moto en descendit et tous ses sens s'activèrent.

Un pantalon en cuir noir, une veste en cuir noir. À cela,

il fallait ajouter les bottes noires, les gants en cuir et un casque réfléchissant qui auraient dû faire de lui un mystère. Or, elle *savait* de qui il s'agissait.

Elle ne le savait trop bien.

Alex Borealis desserra la sangle de son casque, le souleva et passa une main dans ses cheveux sombres à la coupe militaire. Le soleil éclairait sa mâchoire carrée et ses pommettes marquées, ce qui donnait à sa peau bronzée la couleur du chêne ciré.

Le regard d'Alex était fixé sur le sien. Ses pupilles, sombres et immenses, se mêlaient à ses iris brun intense pour conférer à son regard un air dangereux et fascinant.

Ses lèvres... Ses lèvres magnifiques, à la fois fermes et délicieusement douces lorsqu'elles étaient appuyées contre les siennes. Ça, c'était avant que le désir soit trop fort et qu'il ait essayé de la consommer...

Son loup intérieur avait beau avoir envie de passer à l'action et de poursuivre ce qui s'était passé entre eux la dernière fois qu'ils s'étaient vus, elle *s'interdisait* de continuer sur cette voie-là.

La dernière fois, ça voulait dire... moins de douze heures plus tôt ?

Oui. Ils avaient un « passé ». Court, pas mignon du tout, et résolument compliqué.

Lara releva fièrement son menton sans dire un mot.

Alex suspendit son casque à son guidon et retira ses gants. Il dézippa sa veste qui s'ouvrit sur un T-shirt noir, tendu par-dessus un corps musclé et extrêmement dangereux.

Oh, comme elle aurait aimé avoir les mots parfaits avec lesquels l'attaquer. Pourtant, ni son loup ni son cerveau ne semblaient vouloir coopérer. Au lieu de cela, le bout de sa langue et ses cordes vocales souhaitaient créer un son du genre « *Doux Jésus, on va chez toi ou chez moi ?* ».

Son loup aurait été heureux de le faire ici même, en plein sur le parking.

Alex se rapprocha, les yeux toujours sur son visage, et leva les doigts pour se gratter les poignets. De fines lignes rouges encerclaient le bas de ses avant-bras solides, petit rappel du moment où elle l'avait laissé menotté à une cage d'escalier à deux heures du matin.

Oups, leur passé refaisait surface. Pour sa défense, ceci paraissait être une bonne idée sur le coup.

— Tu cherches quelque chose, Borealis ? demanda-t-elle d'un ton rauque.

On aurait dit qu'elle avait pris la voix de sa tante qui fumait trois paquets par jour.

— Peut-être des excuses.

Il s'arrêta à un demi-mètre d'elle et jeta rapidement un œil vers le chat.

Par miracle, un sourire se dessina sur le visage sévère de l'ours métamorphe.

— Est-ce que c'est...Mac ?

Lara referma sa mâchoire pour éviter de baver. Le sourire d'Alex Borealis avait une influence dangereuse sur ses hormones.

Ce foutu mec aurait pu maudire son nom sans que cela ne l'empêche de lui faire de l'effet, mais ça, c'était autre chose. Contre toute attente, Alex avait tendu sa main pour l'enrouler autour de la tête de Mac, et la créature déloyale l'y autorisa.

D'ailleurs, l'animal fit plus que le tolérer : il s'y abandonna et accompagna les caresses de sa grosse tête de chat par l'expression d'une approbation certaine.

— Bête infidèle, marmonna Lara.

Alex sourit de plus belle et leva son regard vers le sien.

— On avait l'habitude de passer toute l'heure du déjeuner ensemble, Mac et moi.

Ça avait dû être au moins deux ans avant qu'elle fréquente l'établissement. L'approbation de Mac donnait probablement un point en faveur d'Alex. De là à l'admettre, il n'en était pas question.

— Ouais ? Eh bien, au moins, *je* n'ai pas eu à le soudoyer avec de la nourriture pour être amie avec lui.

Alex leva les yeux au ciel.

Sa main glissa de la tête de Mac et frôla le côté du sein de Lara.

Ils s'immobilisèrent tous deux. Il ne retira pas sa main. Il se contenta de rester comme ça, à la toucher. Comme s'ils étaient tous deux bloqués dans un champ de force magnétique et qu'ils n'étaient pas sûrs de savoir comment s'en échapper.

Lara ferma les yeux et déglutit difficilement, luttant de toutes ses forces pour ne pas suivre l'exemple de ce satané chat, ne pas s'abandonner au contact de l'ours polaire métamorphe.

La simple caresse de ses doigts était si addictive... L'air qu'Alex expira vint effleurer sa joue et embrasa un désir extrême en elle. Le besoin de s'accrocher fermement à ses épaules, de l'embrasser à en perdre connaissance, était aussi vital que son prochain souffle.

Alex Borealis était son compagnon.

Les loups le savaient toujours. C'était pour cela que, depuis qu'elle avait rencontré cet homme exaspérant, elle s'était battue bec et ongles pour s'empêcher de lui sauter dessus, lui qui n'y était pas du tout disposé.

S'accoupler, c'était pour la vie. Elle ne voulait surtout pas d'un homme forcé à l'accepter en tant que compagne, et encore moins d'un homme qui ne lui faisait pas confiance et qui ne voyait en elle qu'une adversaire. Donc, il avait beau être sexy et séduisant et... *oh-mon-Dieu-je-le-veux-sur-le-champ*, Alex Borealis n'était pas au menu tant qu'ils n'avaient pas mis les choses au clair.

Noooooooon, hurla son loup dans une consternation renouvelée.

Lara se força à s'éloigner de deux centimètres et la douleur vint lécher ses terminaisons nerveuses lorsqu'elle refusa la caresse de son compagnon.

Désolée. Ça me fait tout aussi mal, bébé, la tranquillisa Lara. *On doit attendre.*

Une autre vague de chaleur l'inonda lorsqu'Alex se pencha en avant et que son odeur la transperça comme une lance.

— *Lara.*

Son prénom vibra sur sa peau, taquin et sensuel. Il y avait là une pointe de stupeur, comme s'il n'était pas certain de ce qui se passait entre eux. Il était tout de même conscient du fait qu'il ne s'agissait pas d'une réaction normale pour deux personnes qui prétendaient ne pas s'apprécier.

Elle fut tentée de faire quelque chose de douteux pour se défendre, mais monsieur Mac se mit en boule avant de sauter au visage d'Alex et de quitter ses bras.

2

———

Sans réfléchir, Alex se jeta sur le côté et se retourna. Sa main déjà levée attrapa le félin qui s'était jeté à son visage et dévia sa trajectoire. Il freina l'élan de Mac en projetant le missile géant.

Alex le lâcha, les bras tendus vers le parking.

Mac fit un truc de chat et se contorsionna pour atterrir sur ses quatre pattes.

La bête jeta un regard hautain à Alex avant de partir d'un pas raide, la queue relevée haut dans les airs. Le bout de celle-ci se mouva en signe de désaccord.

— Qu'est-ce que c'était que ce bordel ? cria-t-il sur Lara.

Elle avait tout d'une sirène *exquise*, alléchante, énervante, et elle le rendait fou depuis son retour à Yellowknife trois mois plus tôt.

Il parlait dans le vide.

Lara s'éloignait de lui à toute vitesse, ses fesses en forme de cœur rebondissant à chacun de ses pas.

Il lui courut après et ses chaussures claquèrent contre le béton dans un bruit vif et tranchant.

— Je te cause, rugit-il presque.

Très délicat, commenta son ours platement.

La ferme, répondit-il à sa bête intérieure.

Son ours maugréa en retour :

Ce n'est pas gentil de crier, surtout après elle.

Alex trébucha sur ses propres pieds en entendant le ton véhément de sa réprimande.

C'est quoi, ton problème ? voulut-il savoir.

Son ours se tut. C'était probablement pour le mieux, il venait de rattraper Lara. Elle était en train d'insérer une clé dans la porte d'entrée de l'école. La dernière chose dont il avait besoin à cet instant, c'était que son ours le dérange.

Alex posa une main sur la porte et se pencha vers elle.

— Ce n'est pas sympa de partir en plein milieu d'une conversation, trésor.

Lara s'immobilisa. Il l'avait piégée. Son corps imposant la surplombait tel un mur. C'était un mouvement plein de pouvoir, c'était agressif, et oui, il savait parfaitement qu'il était en train de merder.

Toutefois, il ne connaissait pas la *raison exacte* pour laquelle il le faisait. Il y avait quelque chose chez la délicieuse Lara Lazuli qui activait tous ses récepteurs et qui le mettait carrément en rogne.

— Je te conseille de reculer de quelques pas, *chéri*, l'avertit Lara d'un ton sirupeux.

— Je veux savoir ce que tu fous...

— Ce n'était pas une question, l'interrompit Lara. Bouge immédiatement, ou je vais te faire bouger.

Oh, ça promettait. Alex se repositionna légèrement en remarquant qu'en réalité, il avait laissé ses noix à la merci d'un coup mal placé.

— Ce n'est pas très amical.

— *Alex*, répondit Lara, la voix enrouée par la déception.

Son sac glissa de son épaule et atterrit sur le sol.

— Je te croyais mieux que...

Elle ne termina pas sa phrase, non. Elle se déplaça.

Il aperçut brièvement ce qu'elle fit, mais cela n'avait aucun sens. À moins d'avoir appris à faire de la lévitation. Elle donna l'impression d'escalader le côté de la porte avant de se retourner dans les airs et d'atterrir sur le dos d'Alex.

Elle pesait peu, mais son élan fut suffisant pour lui faire perdre l'équilibre. Alors qu'il s'éloignait du bâtiment, Alex tenta de faire le même numéro de contorsion que le chat Mac. La dernière chose dont il avait envie, c'était de tomber et d'écraser Lara.

Seulement, lorsqu'il se retourna, le poids de Lara se déplaça de nouveau et elle tournoya autour de lui. Elle attrapa l'un de ses bras et son torse vrilla plus vite que prévu.

Il fit un tour et demi sur lui-même avant d'atterrir à plat ventre sur le sol, ses bras écartés, une joue enfoncée dans la terre. Le genou de Lara lui bloqua le cou et l'autre pied de la jeune femme était appuyé sur le dos de sa main droite.

C'était super, commenta son ours d'un air approbateur.

Vraiment ? Bordel de merde, la ferme.

Qu'est-ce qui clochait avec cette foutue bête ? Alex et son animal intérieur allaient avoir une longue discussion à ce sujet. Il ne devait pas soutenir la mauvaise cause ! Malgré tout, il allait devoir remettre ça.

Alex ignora la bête et se concentra sur ce qui se révélait être un défi intéressant.

— Tu veux y repenser, trésor ? Désormais, je ne prendrai pas de gants.

Elle attendit. Cinq secondes, six...

Alex mobilisa ses forces pour agir lorsque la pression se relâcha et qu'elle laissa un bon mètre de distance entre eux.

Elle se pencha et ramassa son immense sac à bandoulière avant de le remettre en place.

Puis, elle prit une grande inspiration et souffla doucement avant de prendre la parole :

— Peut-être que nous devrions recommencer.

Alex se leva et se débarrassa de la terre sur ses genoux, puis réajusta son T-shirt et sa veste. Il était bien plus énervé qu'il n'aurait dû l'être. Il avait mérité d'être jeté à terre. Après tout, il avait envahi son espace personnel.

Il observa ses beaux yeux marron mouchetés d'or. Elle le regardait un peu tristement, avec le même air qu'elle avait adopté plus d'une fois par le passé. Visiblement, son cœur souffrait, et tirait sur des liens émotionnels insoupçonnés en lui. Il voulait la prendre dans ses bras et la protéger. Rendre son monde parfait.

S'il serrait davantage les dents, il allait les limer jusqu'à ce qu'il ne reste plus rien.

Cette fille était *probablement* la meilleure actrice qui existait. Triste ? Besoin d'être protégée ? Oh, s'il vous plaît ! Il y a un mois, il l'avait vue démonter sans difficulté un puma métamorphe qui faisait deux fois sa taille.

Quelque chose clochait. Il avait beau fouiller, il ne parvenait pas à deviner les motivations de Lara. Seulement, il n'allait pas les découvrir en exigeant des réponses de sa part. Cela allait lui demander un peu de subtilité.

Il pouvait faire dans la subtilité, bon sang. Ce n'était pas ce qu'il préférait, mais tant pis.

Changement de plans. Alex l'imita et respira lentement par le nez. Chaque inspiration lui faisait inhaler son odeur douce et complexe. Une faim persistante le prit aux tripes.

Alex ferma la porte sur son ours intérieur, qui chantonnait gaiement et se complaisait dans son arôme délicieux, puis essaya de s'exprimer aussi calmement que possible.

— Repartons de zéro. Lara. Mon grand-père avait un rendez-vous prévu avec toi aujourd'hui. Il ne peut pas s'y rendre et il m'a demandé de venir à sa place.

La mâchoire lui en tomba. Elle eut l'air bien trop confuse pour que ce ne soit qu'un rôle.

— Je n'ai pas la moindre idée de ce dont tu parles. Je donne un cours d'introduction destiné aux entreprises du coin sur la sécurité en ligne. Pourquoi ton grand-père s'y serait-il *inscrit* ?

— C'est impossible, rétorqua Alex.

Il tenta de se remémorer exactement ce que ce vieux bouc lui avait dit la veille au soir. En toute franchise, la conversation avait eu lieu dans des circonstances pour le moins perturbantes.

— Il a dit qu'il avait un rendez-vous à quatorze heures avec quelqu'un qui disposait d'informations de pointe, *toi*, et que ma présence était vitale.

Elle fouilla le sac à bandoulière en cuir sur son épaule et en sortit un cahier. Elle ignora Alex pendant qu'elle le consultait.

— Eh bien, j'espère que cette conférence est d'actualité et instructive, mais je ne vois pas ce que les Joyaux Borealis pourraient y apprendre de nouveau. Aujourd'hui, je ne vais m'adresser qu'à des débutants. Vous avez déjà le meilleur système de sécurité qui existe.

— Un compliment ? Es-tu certaine de vouloir aller jusque-là ? demanda Alex en croisant les bras sur son torse.

Il était légèrement ennuyé par le fort sentiment de fierté procuré par ses louanges sur son travail. Parce qu'en tant que responsable de la sécurité des Joyaux Borealis, il s'agissait de *son* travail.

En fait, il n'avait besoin de personne pour lui dire qu'il faisait du bon boulot. Certainement pas d'une blondinette douée pour lui mettre les nerfs en pelote.

— Ce n'est pas un compliment s'il s'agit de la vérité, souligna Lara en continuant de faire tourner les pages de son cahier. D'ailleurs, j'ai entendu dire que certains de vos chevaux de Troie d'accès à distance apparaissent encore en Amérique du Sud après cette tentative de piratage en mars dernier.

Il grogna doucement, toute trace d'amusement disparue.

— Comment es-tu au courant pour les RAT ?

Lara releva la tête et le regarda d'un air choqué, les doigts entre les pages de son livre.

— Parce que c'était partout aux infos ? Tous les prestataires de sécurité de ma connaissance font de leur mieux pour en faire de même. Ça s'est révélé être la solution parfaite pour repousser la plupart des hackeurs. Ils sont terrifiés à l'idée que quelqu'un pénètre dans *leur* système.

— Oh.

Les infos. Comme un imbécile, il avait oublié que ceci était de notoriété publique. Il l'avait immédiatement soupçonnée d'avoir fourré son nez dans ses affaires.

La douceur sur son visage laissa place à une façade strictement professionnelle, dénuée d'émotion.

— Oui, *oh*.

Dis que tu es désolé, lui ordonna fermement son ours.

Le dos d'Alex se raidit. Il avait été sur le point de présenter ses excuses, mais là ?

La ferme et occupe-toi de tes oignons.

Ce sont mes oignons, espèce de cousin au troisième degré de babouin barbare...

Lara leva son livre dans les airs et interrompit la réplique futée de son ours. Elle désigna une liste de noms.

— C'est étrange, mais oui, ton grand-père s'est inscrit à mon cours. Il n'avait utilisé que sa dernière initiale, et je n'avais pas regardé de près les prénoms. Tu n'as pas besoin de rester. Si je propose un cours plus avancé à l'avenir, tu pourras t'y inscrire. Maintenant, si tu veux bien m'excuser... je suis arrivée en avance pour pouvoir m'installer avant l'arrivée de mes élèves.

Elle lui tourna le dos, et il la regarda déverrouiller la porte, la passer et la lui claquer au visage sans rien pouvoir y faire.

3

L'erreur bizarre commise par leur grand-père revint à l'esprit d'Alex seulement fin juillet, à cause de son rythme de vie chargé. Les trois frères étaient réunis dans leur salle privée à l'étage de la taverne pour un moment de détente et aussi pour faire le point sur la moitié de l'été qui s'était écoulée.

Tout ce qui concernait cette journée accaparait bien trop souvent ses pensées. Comment était-il possible d'être à la fois si intrigué et si vivement agacé par la petite louve métamorphe ? Que Lara soit parvenue à lui sauter dessus...

Bordel, cette simple pensée le faisait bander. Non pas parce qu'il appréciait mordre la poussière, mais parce que cela l'excitait au-delà de tout de savoir que son côté délicat ne prendrait pas le pas sur une éventuelle relation charnelle : avec elle, il pourrait entièrement se laisser aller.

Alex Borealis aimait les rapports intenses.

Il appréciait également le physique de Lara. De haut... avec ses cheveux argentés, en bas... avec ses bottes sexy tout en cuir, c'était une femme sacrément séduisante.

Mais ce qu'il appréciait le plus, c'était d'accomplir son

devoir pour sa famille. En tant que chef de la sécurité des Joyaux Borealis, il ne devait pas fraterniser avec quiconque menacerait leurs affaires.

L'autre entreprise de pierres précieuses de la région, Minuit Inc., avait été une source constante d'agacement au fil des années. Ils n'avaient jamais rien fait d'illégal à sa connaissance, mais les deux compagnies étaient toujours en compétition. Alex affectionnait l'esprit de compétition sur le marché, un peu moins que des gens utilisent sa famille pour avancer.

Il se demandait si Minuit Inc. prévoyait de se la jouer pas très réglo. La magnifique et sensuelle Lara Lazuli s'était doucement liée aux femmes les plus proches de ses frères. Des femmes qui avaient accès aux secrets et aux lieux les plus sécurisés des Joyaux Borealis.

Une raison logique à l'intérêt récent que Lara portait à Amber et Kaylee pouvait être de chercher à obtenir des informations. *Ça* ne se produirait pas avec lui aux commandes, en dépit du roulement de ses hanches qui faisait souffrir son corps entier.

Tu es grognon, se plaint son ours.

J'ai mes raisons, rétorqua vivement Alex.

Tu serais pas grognon si tu laissais la louve te caresser.

Alex soupira, exaspéré, bien qu'il dût admettre qu'il était d'accord. Quelques caresses de la part de Lara allégeraient grandement ses frustrations.

Alex bascula vers l'arrière dans son fauteuil, un verre de très bon whisky à la main, pour aborder son sujet de préoccupation actuel :

— Vous pensez que Papy perd la tête ?

Un ricanement immédiatement suivi de halètements se fit entendre. James, le benjamin des trois frères, se pencha en avant et tambourina son torse avec le poing. Il avait sûrement avalé de travers.

Cooper l'observa depuis son immense et confortable fauteuil en cuir.

— Je prends ça pour un non ?

Un rire rauque émana de James, qui était désormais heureux en accouplement avec sa meilleure amie, Kaylee.

— Papy Giles peut être énervant, mais il sait *exactement* ce qu'il fait.

James toussa une dernière fois dans son poing puis contempla avec attention le liquide couleur ambre qui tournoyait dans son verre.

— Peut-être ne lui avons-nous pas accordé assez de crédit. Il a de bonnes idées.

— Tu fais référence à son ultimatum pour ne pas échapper à la fièvre d'accouplement cette année ou à autre chose ? Ce n'est pas parce que ça s'est bien fini pour toi que c'est la même chose pour nous, lui rappela Alex. Ni Cooper ni moi n'avons de meilleures amies de qui nous avons passé des années à prétendre ne pas être amoureux.

James haussa timidement les épaules avant de croiser le regard d'Alex.

— Je ne faisais pas semblant. Je ne le savais vraiment pas. Sans le décret de Papy Giles, Kaylee et moi nous attendrions encore au lieu de profiter d'une relation hallucinante et transformatrice.

Le cuir du fauteuil de Cooper grinça lorsqu'il changea de position.

— J'imagine que ta vie d'accouplé se passe bien ?

Le grand sourire de James fut assez simple à déchiffrer.

— Kaylee est fantastique. Elle est courageuse, elle est belle et, oh mon Dieu, le sexe est...

— Ouais, super. On n'a pas besoin d'entendre ça.

Cooper fut celui qui le dit à voix haute, mais Alex approuvait.

Il n'y avait rien de pire que d'être témoins de cette allégresse, surtout de la part de leur plus jeune frère, alors que ni lui ni Cooper n'avait quelqu'un en ce moment. Ce n'était pas comme s'il ne pensait pas au sexe...

Va voir la louve, suggéra son ours. *Elle est canon.*

Alex se pencha en avant et posa son verre vide sur la table et se massa les tempes avec les deux mains.

La. Ferme.

Son ours ne répondit pas. Il se contenta de tricher éhontément et de lui envoyer une image mentale frappante de Lara. Un genre de ralenti de la nuit où il s'était abandonné comme un idiot à son désir et où il l'avait embrassée à en perdre la tête. Les lèvres de Lara étaient enflées au contact des siennes, les boutons de sa chemise déboutonnés assez bas pour dévoiler le galbe de ses seins. Sa poitrine se soulevait rapidement pendant qu'elle le dévorait des yeux.

Alex laissa échapper un gémissement.

— Oh, hé ! Vous avez intérêt à ne pas vous retirer de notre accord, tous les deux, déclara James d'une voix irritée. Ce n'est pas parce que quelque chose de bien m'est arrivé que vous êtes tirés d'affaire. J'étais prêt à faire tout ce qu'il faudrait, comme nous nous l'étions tous promis.

Alex leva la main pour couper court à son coup de gueule.

— Je ne me retire pas de notre accord, assura-t-il à son petit frère.

Alex allait faire de son mieux pour ne pas s'accoupler, et il commençait à avoir en tête quelques idées diaboliquement merveilleuses pour manipuler le système.

— Je ne me retire pas non plus, affirma Cooper. Pour en

revenir à ta question, Alex, je ne crois pas que Grand-Père soit gâteux. Je pense que c'est un vieux renard rusé, mais, au bout du compte, ses petites ruses ne changent rien. Il ne peut pas parvenir à nous accoupler tous les trois cette année. Si on suit l'accord à la lettre, nous gagnons. La seule chose qu'il a exigée de nous c'était que nous n'évitions pas la fièvre d'accouplement.

James hocha la tête, apaisé par leur engagement renouvelé. Les trois frères se lancèrent dans un bavardage agréable. Un bon moment en famille et de nombreuses taquineries destinées à James, qui avait fini par s'accoupler avec la femme qu'il avait sous le nez depuis des années.

— Au fait, commença James en les regardant tous deux. Dans quinze jours, j'emmène Kaylee au Festival du Diamant, à Londres. Nous y resterons quelques jours de plus histoire d'avoir une vraie lune de miel.

— Ça a l'air super. Amusez-vous bien, répondit Cooper, le sourire aux lèvres. Ce sera certainement bien plus divertissant que ce que je vais faire, c'est-à-dire aller dans le sud prendre quelques cours de remise à niveau et renouveler ma licence de droit.

James se cogna le front de la main :

— C'est vrai, j'avais oublié que tu étais occupé. J'imagine qu'Alex sera donc l'heureux élu pour me remplacer pendant mon absence.

Ils occupaient tous plusieurs postes aux Joyaux Borealis, mais c'était James qui s'occupait de la majeure partie de la publicité.

Alex détestait travailler dans la publicité.

— Tu savais que tu partais à Londres, pourquoi as-tu pris un autre engagement la même semaine ?

— Ne joue pas les mauviettes. Il suffit de se montrer au public et de sourire, argua James avec bonhomie. Je n'ai pas pris plusieurs engagements en même temps, je te remercie pour la confiance que tu me portes. Je me suis engagé pour un événement le quinze octobre et l'organisateur a soudain décidé que nous devions avoir un dîner de répétition le quinze *août*.

Alex soupira.

— Ce qui veut dire que tu ne peux reporter ça, du moins pas jusqu'à ton retour.

— En aucune façon. Et si tu penses que je vais écourter ma lune de miel parce que tu n'as pas envie de voir des gens, tu te mets le doigt dans l'œil !

Il fouilla sa poche et en sortit une carte de visite, qu'il lança à travers la pièce.

Alex l'attrapa dans les airs.

— Le contact du coordinateur de l'événement, lui expliqua James. Vendredi soir. Appelle-le et demande-lui si tu dois prendre quelqu'un en chemin. Je ne suis pas sûr de l'identité des autres invités.

Alex lut la carte.

— *Conversation à Table* ?

Un petit rire échappa à Cooper.

— C'est *le* programme du moment sur la chaîne Food Network ! Ils parlent des meilleurs restaurants éclectiques à travers le monde. Tu vas profiter d'un repas fantastique, et tout ce que tu auras à faire, ce sera de bien te tenir.

— Pas vrai ? surenchérit James avec enthousiasme. Kaylee et moi, nous aimerions nous y rendre rien que pour la nourriture, mais vu que nous ne pouvons y aller, tu vas devoir t'y atteler et faire tout ton possible pour être un tant soit peu agréable.

— Je suis toujours agréable, rétorqua Alex.

Cooper et James s'interrompirent et l'observèrent avec

la même expression : légèrement amusée, légèrement ennuyée, un sourcil haussé.

— Je le *suis*, insista Alex.

Les lèvres de James tremblèrent.

— À part cette fois-là.

— Tu veux dire la fois où il s'est jeté sur le vieux copain d'armée de Grand-Père par erreur ? demanda aussitôt Cooper. Celui qui avait été formé chez les Bérets Verts et qui, d'un simple mouvement, a cloué notre gars au sol ?

— Non. Je songeais à un *autre* incident, mais celui-ci était pas mal. Je pensais au maire qui a été enfermé dans un placard « par accident ». Alex avait oublié d'en parler pendant trois heures, parce qu'il était certain que c'était une affaire d'espionnage industriel, expliqua James en secouant la tête. Non, tu as raison, Alex. Pourquoi te demanderions-nous de ne pas te comporter comme un crétin ?

Alex les foudroya du regard, mais il ne parvint pas à garder son sérieux. Quelques secondes plus tard, ils riaient tous les trois.

— D'accord, j'admets que j'ai dépassé les bornes avec le maire, mais il avait *bel et bien* fouillé le tiroir du haut dans le bureau de Papy.

— Refiler des barres chocolatées Snickers en douce à un ami parce que Mamie le forçait à faire un régime n'était pas un crime méritant d'être puni, lança James d'une voix traînante.

Non. Alex avait tout fait foirer cette fois-ci, et c'était la raison pour laquelle il était déterminé à ne plus faire la moindre erreur.

— Je promets que j'incarnerai l'hospitalité du nord à l'état pur.

Il allait avoir des recherches à faire. Peut-être allait-il regarder une bonne dizaine d'épisodes de cette foutue émission télévisée pour découvrir ce qui faisait l'identité d'un gagnant. Il devait bien y avoir un but à la soirée, autre que celui de se fourrer de la nourriture dans le gosier.

Tout ce qu'Alex faisait pour sa famille, il le faisait bien. Il était hors de question qu'il perde...

La vie n'était pas une compétition. Seulement la plupart du temps.

Il adorait gagner. Il était doué pour ça. Plus encore, il *excellait* dans cet art.

Son ours lui projeta une autre image sensuelle. La sensation de doigts frêles et féminins dans ses cheveux, glissant le long de son cou et de son torse. La chaleur du corps doux d'une femme pressé contre le sien. Ses mains qui lui faisaient des choses cochonnes jusqu'à ce que la créature fourbe le laisse menotté à une rambarde.

Qu'est-ce qui cloche chez toi ? demanda-t-il à son ours.

La fichue bête s'esclaffa.

Ce n'est pas fini. Elle n'a pas gagné, fit remarquer Alex.

Son ours soupira d'aise et fit un commentaire absurde.

Elle me plaît, grands dieux !

Plutôt que d'attendre une quelconque forme de logique de la part de son animal, Alex opta pour une solution bien plus mature. Il attrapa le décanteur sur la table et se servit un verre bien chargé.

Peut-être trouverait-il du temps la semaine prochaine pour s'occuper de la délicieuse Mademoiselle Lazuli.

4

———

Lara ralentit jusqu'à l'arrêt et tendit l'oreille au lieu de foncer à toute vitesse comme à l'accoutumée. C'était déjà la mi-août, et elle n'avait toujours rien trouvé qui pourrait résoudre les deux dilemmes auxquels elle était confrontée : le problème avec la meute et ses soucis d'accouplement.

La frustration était sa compagne la plus fidèle.

La conversation qui lui arrivait depuis l'angle se tenait à voix suffisamment basse pour éveiller ses soupçons. Elle colla son dos au mur et se rapprocha du bureau de la meute dans lequel sa sœur aînée, l'alpha suprême de la meute Orion, tenait une conversation téléphonique.

La conversation à sens unique était... captivante.

— Je déteste devoir y aller si doucement, se plaignit Crystal. Ce n'est pas normal. Si l'autre solution consiste à trancher des gorges et à provoquer des effusions de sang excessives, je peux me forcer à travailler en douce, pour une fois.

Les yeux de Lara s'écarquillèrent. La réponse fut murmurée si bas que même son ouïe fantastique de loup ne put l'interpréter. Cependant, la voix était rassurante. Cela sembla faire son effet sur sa sœur. Lorsque Crystal reprit la parole, ses mots étaient moins durs, moins violents, moins... sanglants.

— Une étape à la fois. Je suis d'accord. La meilleure partie là-dedans, tu t'en rends bien compte, c'est qu'ils n'auront rien vu venir une fois la poussière retombée. Si nous faisons bien les choses, nous serons en mesure de régler les derniers détails et il n'y aura plus de retour en arrière. Aucun moyen de combattre, ce qui est dans l'intérêt de tous.

La personne avec laquelle Crystal s'entretenait dit quelque chose qui la fit rire, d'un son chaleureux et joyeux un peu déplacé, à en juger par le reste de la conversation.

— Oui, je fais attention. C'est risqué, mais ça en vaudra la peine. Et puis, tout le... bien sûr. Je te retrouverai dans notre lieu habituel. Surveille tes arrières.

Le téléphone qu'on posait sur le bureau et sa sœur qui traversait la pièce pour s'installer dans son fauteuil suffirent à faire bouger Lara.

Elle tira un crayon de son cahier et le lança délibérément à l'autre bout du couloir pour donner l'impression qu'elle franchissait tout juste l'angle du mur. Lara prit son temps pour s'approcher de la porte du bureau.

Elle n'était pas la seule à posséder une ouïe de loup, et tant qu'elle n'avait pas eu le temps d'y réfléchir, elle ne voulait pas que Crystal sache qu'elle avait surpris sa conversation mystérieuse.

Lara se composa un air neutre avant de pénétrer dans la pièce et de croiser franchement le regard intimidant de sa sœur.

— Alpha.

Crystal grogna.

— Qu'est-ce que tu as fait ?

— Rien du tout, répondit Lara en croisant les bras.

Son bloc-notes était appuyé contre le coton frais de sa chemise de sécurité, celle ornée du logo de la sécurité de Minuit Inc.

— On doit tant se méfier de moi ?

— Seulement quand tu débarques ici et que tu m'appelles alpha au lieu de tes trucs du style « Salut, crétine. Ça baigne ? » sans tenir compte de la hiérarchie.

Lara leva brièvement les yeux au ciel avant d'arborer un sourire dévoilant ses dents.

— Je me suis dit que j'allais être la plus polie possible, vu que j'ai un service à te demander.

Crystal fit rouler son fauteuil assez loin pour appuyer ses pieds sur la surface de son bureau.

— Oh, tu fais du zèle, ça me plaît. Je t'en prie, invita-t-elle, désignant la chaise en face de son bureau. Installe-toi confortablement pour te prosterner devant moi.

Lara réfléchit rapidement aux options qui se présentaient. Elle avait une véritable requête à présenter à Crystal, une toute petite chose dont elle voulait discuter, mais après la conversation qu'elle venait de surprendre, c'était peut-être une bonne idée de profiter davantage de cette opportunité.

Peut-être que faire preuve de franchise et aller droit au but aiderait. Ce n'était pas comme si Crystal s'attendait à ce que Lara lui lance des fleurs de toute façon.

Tant mieux, parce que Lara ne lançait jamais de fleurs.

— Je voulais que tu saches que j'ai terminé l'inspection concernant la sécurité de Minuit Inc. et que j'ai mis à jour les quelques endroits où nous avions des problèmes. Dans l'ensemble, nous sommes en très bonne position.

Crystal hocha la tête, le regard dur et scrutateur.

— Tu as déjà fini ? C'est impressionnant.

— Il n'y a pas de temps à perdre quand on sait ce qu'il faut faire. Nous n'aurons besoin que de mises à jour minimes à l'avenir.

Lara plaça son bloc-notes sur la table, se pencha en avant sur sa chaise et posa ses coudes sur ses genoux. Un langage corporel à la fois puissant et déterminé, sans pour autant être provocateur.

— Je suis prête à m'investir davantage dans la meute.

La commissure des lèvres de Crystal témoigna d'une légère réaction.

— Tellement motivée. Je croyais que, lorsque tu avais quitté la ville six ans plus tôt, tu étais prête à laisser la meute Orion derrière toi pour de bon.

— J'avais dix-huit ans et j'avais hâte de commencer l'université. J'avais encore plus hâte d'échapper au regard vigilant de *cinq* matriarches plus âgées, déclara Lara sans sourciller. Tu te rappelleras peut-être que tout le monde vivait encore à la maison. Toi, Tatie, et nos trois sœurs.

— Oh mon Dieu, oui. Je veux bien le reconnaître. Depuis que j'ai repris le flambeau après l'abdication de maman et papa, j'ai eu à supporter Tatie Améthyste, qui est toujours sur mon dos à faire des commentaires. Des trucs comme « Oh, *en voilà* une manière étrange de gérer cette situation » ou ses « intéressant » hyper moralisateurs. Le pire de tout, c'est...

— Ce « hmmm » grave désapprobateur qui nous empêche de répliquer, parce qu'elle n'a pas vraiment dit quelque chose ?

Les yeux de Crystal flamboyèrent.

— Je déteste ce putain de bruit.

Elles rirent spontanément et Lara sentit l'espoir

s'insinuer en elle. C'était de *ça* qu'elle se souvenait. Les bons moments. Leurs liens.

Un pouvoir presque égal. Elle n'avait jamais cherché à aller plus loin, mais quelque chose en elle lui avait toujours fait penser qu'elle était assez forte pour être alpha si elle le souhaitait.

Bien sûr que nous pourrions. Le pouvoir pourrait être amusant, lui dit son loup en s'étirant paresseusement, toutes griffes dehors.

Amusant ? C'est beaucoup de boulot.

À dix-huit ans, elle n'avait pas voulu de ce genre de responsabilités. Désormais, elle les prendrait s'il le fallait. Elle ferait tout ce qu'il faudrait.

Outre les conversations mystérieuses, Lara avait toujours admiré sa sœur... jusqu'à ce que les rumeurs commencent à enfler. Leurs parents avaient quitté la ville peu avant le dix-septième anniversaire de Lara, mais Crystal tenait déjà les rênes depuis des années. Lara avait pu compter sur Crystal et Tatie Améthyste les rares fois où elle avait eu besoin de conseils. Dans son adolescence, elle était une forte tête.

Maintenant, ce qu'elle souhaitait par-dessus tout, c'était que les affaires de Minuit Inc. soient légitimées et que la meute Orion représente une partie solide de la communauté de Yellowknife.

Sa sœur se pencha en avant, elle aussi.

— Je suis heureuse de voir que tu as envie de t'engager davantage auprès de la famille. J'y ai songé, moi aussi, mais je voulais que tu t'immerges un peu et que tu utilises ta formation avant de prendre une plus grande part aux affaires de la meute. Ça a été une bonne chose de t'avoir en tant que responsable de la sécurité de Minuit Inc. Ça a prouvé à tout le monde à quel point tu es compétente.

Lara leva les mains en l'air.

— C'est moi, la compétence incarnée. Ne crois pas que mon travail dans la sécurité ne me plaît plus, c'est jusque que je me sens prête pour plus que ça.

Essayer de se frayer un chemin vers le sujet de conversation qu'elle avait entendue sans y aller comme une brute épaisse était compliqué.

Crystal n'était pas l'alpha de la meute Orion pour rien : elle était forte, convaincante et pas bête. Lara fit de son mieux pour conserver son expression enjouée et enthousiaste. La dernière chose qu'elle voulait, c'était que sa sœur la soupçonne de savoir que quelque chose se tramait.

Une reprise sans bain de sang...

Si Minuit Inc. était *bel et bien* en train de préparer une attaque financière contre leur plus proche rival, le faire sans les attaquer physiquement était judicieux. Les entreprises tenues par des métamorphes avaient tendance à sortir des schémas habituels pour réussir à trouver les meilleures pratiques commerciales.

Néanmoins, des erreurs bancaires ou de factures pouvaient parfois se régler à coups de dents et de griffes, ce qui était mauvais sur de nombreux plans.

Oui, un rachat légal, à la fois rapide et concluant, était positif. En revanche, Lara gardait une éthique qu'elle ne voulait pas trahir. Avoir recours à des manœuvres illégales ou déloyales pour reprendre les Joyaux Borealis ou les mettre en faillite était *inenvisageable*.

Ce ne pouvait pas être uniquement parce que son compagnon, qui ignorait l'être pour l'instant, était l'un des héritiers de la concurrence. Non, c'était bien pour honorer la morale et l'intégrité. Malgré tout, Lara se rendit compte qu'elle était trop compromise sur le plan hormonal pour que ses intentions soient pures.

La vérité, c'était qu'elle ne voulait *pas* faire quoi que ce soit qui aurait pu blesser son compagnon, même si elle était incapable de lui dire ce qu'il représentait à ses yeux.

Que c'était lui. Sa seule et unique option, pour toujours et à jamais. N'était-ce pas quelque chose de génial à annoncer à quelqu'un ? *Hé, je sais que tu ne me supportes pas, mais si on n'arrive pas à faire fonctionner les choses entre nous, je vais me languir de toi pour le reste de ma vie. Je ne me contenterai pas d'avoir le cœur brisé. Je ne vais plus jamais avoir de rapports sexuels parce qu'il n'y a que toi.*

Ça ne foutait pas la pression du tout.

— Je pense que nous allons pouvoir mettre un peu plus tes talents à profit, lui proposa Crystal.

Cette remarque tira Lara de ses pensées errantes. Celle-ci se redressa immédiatement.

— Je suis prête.

— Je suis prête... *alpha*, la provoqua Crystal, et elle esquiva le projectile en forme de crayon que Lara lui lança au visage. Je pense avoir quelque chose pour toi. Ce sera un bon moyen de te mettre dans le bain sans que tu aies à utiliser tes connaissances en matière de sécurité. Tu devras tout de même rester vigilante. Je veux que tu fasses bonne impression tout en faisant preuve de discrétion. Si tu vois ce que je veux dire...

Cet indice, accompagné d'un clin d'œil exagéré, était pile l'ouverture dont Lara avait besoin. Elle répondit lentement :

— Tu veux dire que, pendant que je m'occuperai de la tâche que tu m'assigneras, ce serait bien de surveiller les alentours ?

— Si cela s'y prête, oui. J'aurais également besoin que tu... te *rapproches* un peu... des gens. Obtenir la confiance des gens. Te faire des amis. Cela contribuera grandement à la réussite de moments clés dans le futur.

Des théories du complot se bousculèrent dans l'esprit de Lara. Cela avait *tout* l'air de la mise en place précoce d'un rachat. Des compétences en matière de sécurité, de la discrétion. Des moments clés ?

Crystal la toisa.

— C'est vraiment dommage que tu n'aies pas encore de compagnon. Cela faciliterait les choses pour pouvoir... *parler*... de projets avec certains couples importants.

Quoi ? Elle refusait de parler de compagnons avec Crystal. Pas maintenant. Lara décida d'orienter la discussion ailleurs.

— Avoir un compagnon pourrait constituer un obstacle pour moi si je devais me *rapprocher* de certains individus, non ?

—J'imagine que tu as raison, répondit Crystal en balayant sa réponse d'un revers de main. Ne t'inquiète pas, nous nous pencherons sur ce problème plus tard.

Plus tard, ce serait dans vraiment très longtemps, si Lara avait son mot à dire. Elle conserva une attitude calme et hocha vivement la tête.

— Je ferai de mon mieux.

5

———

Quelques heures plus tard, Lara se tenait devant la maison de la meute, sur son trente-et-un. Elle était appuyée contre le mur, sa plus belle pochette coincée sous le bras. Elle jeta un œil à son téléphone.

En attendant qu'on vienne la chercher pour le grand événement auquel Crystal lui avait demandé d'assister, Lara avait une conversation à trois, par SMS, avec les deux femmes qui étaient devenues ses meilleures amies depuis son retour dans le nord.

Certes, elles étaient tout l'opposé l'une de l'autre, mais Kaylee et Amber étaient hyper copines, et elles avaient accepté Lara de bon cœur dans leur groupe soudé.

Kaylee, qui était un lynx métamorphe, était née dans les Territoires du Nord-Ouest. Elle venait tout juste de s'accoupler avec le jeune frère d'Alex. C'était une amie de longue date de la famille Borealis et elle se trouvait maintenant au cœur de toutes sortes d'anecdotes intéressantes à propos des ours polaires. Cela aidait un tantinet Lara à apaiser ses désirs non assouvis ressentis pour son compagnon.

Amber Myawayan était une humaine nippo-canadienne venue dans le nord quelques années auparavant à la recherche de son frère disparu. Ça ne semblait pas gêner la petite humaine d'être entourée de métamorphes dans son rôle d'assistante administrative du frère aîné d'Alex, Cooper, le PDG par intérim des Joyaux Borealis.

Les trois filles s'étaient au départ rassemblées r grâce à leur envie commune de mettre un terme aux activités illégales dans leurs entreprises respectives. Depuis, elles aspiraient à autre chose : trouver la meilleure source de chocolat, pure au minimum à quatre-vingt-dix pour cent, avec toutes sortes de goûts différents, disponible à la livraison sous trois jours dans le nord.

Mais surtout, elles étaient amies.

Kaylee : *Et donc Crystal t'a donné une tâche de relations publiques ? En quoi les R.P. auraient-ils un rapport avec le rachat hostile d'une autre entreprise ?*

Lara : *Ça me dépasse, pourtant au point où j'en suis, je serais prête à faire n'importe quoi pour faire cracher le morceau à ma famille. Je comprends que personne ne m'ait informée de la situation pendant mes années à l'université, mais ça fait maintenant six mois que je suis rentrée. Il est temps de me faire participer à leurs messes basses.*

Amber : *Eh bien, voyons ça comme une avancée. Je te garantis que Crystal n'a pas juste inventé un boulot pour tester ta loyauté. C'est une soirée importante. Elle te fait confiance pour une situation réelle.*

Lara : *Je ne suis pas sûre de comprendre comment tu sais tout ça, mais... Merci ? Ça signifie que je vais devoir être sympa avec des gens ? Ce n'est pas trop bizarre ?*

Kaylee : *Arrête de faire semblant. Tu *es* très sympa.*

Lara : *Je cherche l'emoji qui dégueule !*

Amber : *Je suis d'accord avec Kaylee. Tu es une personne géniale. En plus, tu peux mettre à genoux n'importe quel mec costaud qui aurait les mains baladeuses. Sincèrement, je pense que tu vas cartonner dans les relations publiques. Contente-toi de ne pas initier de bagarres. Ou de ne pas y mettre fin. En fait... essaie de ne pas avoir recours à tes dons de ninja.*

Lara : *Je croyais que tu disais que j'étais sympa ! Donc, ce que tu veux dire, c'est que si une « discussion animée » arrivait au cours du repas, je ne devrais pas envoyer au tapis mes commensaux ou leur fourrer de petits pois dans les narines ? Pas de souci. Espérons que personne dans l'assemblée ne me hérisse le poil.*

La mention *en train d'écrire* lui indiqua qu'Amber était en train de rédiger un message. Il resta là. Disparut. Réapparut. Disparut.

Amber : *en train d'écrire...*

Elle recommençait. Amber avait la fâcheuse tendance à reformuler une information cinquante millions de fois.

Kaylee : *Pour l'amour du ciel, vas-y, crache le morceau.*

Lara : *Exactement.*

Amber : ...

Amber : *Bon, OK. Je me demandais si je devais te prévenir, parce que personne n'est censé savoir qui d'autre a été invité, mais tu es mon amie. Je ne savais pas trop comment réagir après avoir été contactée par les organisateurs. En gros, je connais la plupart des invités. Alex sera là-bas, je n'ai rien d'autre à ajouter, bonne chance, et par pitié, ne le tue pas.*

Lara lut ses divagations, de plus en plus inquiète, et stoppa sa lecture sur le détail le plus important du message d'Amber.

Alex allait être là-bas.

Super.

Fantastique.

Elle ignorait tout de ce qui se passait au sein de la meute Orion et allait être obligée d'assister à un dîner extravagant avec Alex où elle devrait donner son avis sur de la nourriture haut de gamme. La seule chose qui occuperait ses pensées serait son envie de se jeter sur lui.

Sa sœur lui avait demandé de se rapprocher des gens. Des gens comme... Alex ?

Eh bien, super.

Elle était sur le point d'envoyer un autre message lorsqu'une longue et élégante limousine noire se gara devant elle. La portière du côté passager tout au bout du véhicule s'ouvrit. Elle s'immobilisa.

L'ours métamorphe l'hypnotisa au premier regard. Il déploya ses longues jambes pour sortir de la limousine. Ensuite, il se rapprocha de Lara tel le prédateur qu'il était.

Un prédateur extrêmement sexy vêtu d'un costume noir impeccable et d'une chemise blanche immaculée dont on pouvait entrevoir les revers étroits par-dessous. Ses cheveux étaient parfaits, hormis une boucle rebelle juste assez longue pour caresser son front. Alex s'était rasé de près, mais on devinait l'ombre d'une barbe épaisse sur sa mâchoire carrée.

La perfection et le désir incarnés dans un costume Armani.

Il s'arrêta à un demi-mètre d'elle, retira ses lunettes de soleil afin de dévoiler ses yeux brun intense, et ses pupilles se dilatèrent lorsqu'il inspecta Lara.

Elle avait conscience qu'elle avait belle allure. Sa robe moulante aux teintes marines épousait ses formes, et ses talons de douze centimètres brillaient de mille feux. Ses longs cheveux étaient remontés en un chignon plus strict que sa queue-de-cheval habituelle. Chaque mèche était soigneusement en place, excepté deux boucles encadrant son visage. Des boucles d'oreilles ornées de diamants et un collier avec un seul diamant comme pendentif parachevaient sa tenue.

Les yeux d'Alex étincelèrent et un son grave sortit de sa poitrine. Un désir impérieux naquit entre les jambes de Lara.

Alex inspira profondément, comme s'il était sur le point de dire quelque chose. Ses narines s'élargirent, ses yeux s'écarquillèrent et son grognement s'affaiblit un peu.

Elle envisagea de cacher son visage. Génial. Il pouvait mesurer combien elle était excitée rien qu'à sa vue.

— Lara.

Sa voix. C'était du sexe auditif, pur et simple.

Elle le dévisagea en retour, son pouls battant dans sa gorge.

— Excuse-moi.

Lara détacha son regard d'Alex, se retourna légèrement jusqu'à ce qu'il soit à la limite de sa ligne de vision, et envoya un autre message.

Lara : *L'une de vous devrait peut-être prévenir les secours. Je prédis qu'il va y avoir des blessés.*

Kaylee : *Quoi ? Pourquoi ?*

Lara : *Il y a une limousine devant chez moi qui est venue me récupérer. C'est lui, c'est Alex. Il est en costume, et même s'il est furieux, je viens d'en avaler ma langue.*

Kaylee : *Ce serait plus amusant d'avaler sa langue.*

Amber : *Kaylee ! Tu veux qu'elle se rapproche physiquement d'Alex ? Il est toujours si tendu et rigide.*

Kaylee : *Je suis mdr parce que j'ai douze ans. Tendu ! Ah, ah ! Rigide !*

Amber : *Arrête ça. Pas de blagues sexuelles. Pas de sexe !*

Kaylee : *Pourquoi ? Je veux dire, pourquoi pas ? Quelques bisous, ou plus, si l'occasion se présente (elle ne va pas se gêner, non ? LOL.) Ce n'est pas comme si fricoter un peu avec lui allait les faire s'accoupler ou un truc du genre. Tu peux me croire, je m'y connais. Les ours polaires sont têtus, et pour créer un lien d'accouplement, il faut que les *deux* parties soient d'accord à cent pour cent pour le véritable amour 4ever. Vous vous souvenez de mon tour de magie à la Belle et la Bête il y a quelques semaines, quand j'ai fini par reprendre mes esprits ?*

Amber : *On peut en reparler un peu plus tard. Pour l'instant, Lara, qu'est-ce que tu fais encore en ligne ? Il n'y a pas une limousine qui t'attend ?*

Oups.

Lara rangea son téléphone et leva les yeux. Elle vit qu'Alex avait croisé ses bras impressionnants sur sa poitrine, bien ennuyé qu'on ne prête pas attention à lui. C'était en partie pour ça qu'elle l'avait fait.

Il valait mieux qu'il soit énervé plutôt qu'il la fixe avec son regard de braise.

Je n'aime pas être méchante avec lui, soupira tristement son loup intérieur.

J'essaie juste de nous protéger, rappela Lara.

Je sais.

Lara et son loup étaient tout aussi avides de désir l'un que l'autre, et ils trépignaient d'impatience à l'idée que le lien d'accouplement se fasse. S'embrasser, voire coucher ensemble, ne suffirait pas à forcer Alex à s'accoupler avec elle ; soit.

Le contact physique était dangereux. Très dangereux. Alex lui tendait la main.

Instinctivement, elle la saisit, les yeux rivés sur lui. Ils restèrent immobiles. Muets.

Lara plaisantait, dans le message qu'elle avait envoyé à ses amies. Néanmoins, elle avait la certitude que sa prédiction était vraie.

Il allait y avoir des blessés, et évidemment, ce serait elle.

6

---

*A*lex Borealis était fou de désir.

Son ours en était resté sans voix, pour une fois. En fait, Alex avait bien l'impression que si la créature n'avait pas été si sonnée, elle aurait encouragé toutes sortes de comportements déplorables. Des choses terribles comme porter les doigts de Lara à sa bouche pour les lécher sensuellement. Il aurait ensuite goûté un peu plus à sa peau, le long de son bras, puis il serait descendu le long de son corps au parfum de miel, pour en trouver chaque partie et la faire crier de plaisir.

Qu'est-ce qu'elle sentait bon !

Ses yeux dorés reflétaient la douceur. À cet instant, Alex oublia qu'elle préparait certainement un sale coup envers sa famille.

Il ne pensait pas vraiment *à grand-chose*, à part à son envie de la prendre dans ses bras et de la serrer fort contre lui. Un prélude du moment où il enlèverait cette robe et prendrait encore le temps de savourer l'étape suivante de l'aventure.

Assister à un dîner chic, qu'ils avaient dit. Ce devrait être facile...

Il ressentit une vive pression sur ses doigts.

— Alex. Il faut qu'on y aille.

Combien de temps était-il resté en transe ?

Lara se rapprocha, zigzaguant comme si elle cherchait à le contourner.

Il n'avait pas prévu qu'il brûlerait de désir pour elle ce soir, mais il allait lui montrer qu'il contrôlait la situation.

Il glissa sa main dans le creux de son coude et la mena jusqu'à la portière de la limousine, jouant de son charme.

— Je t'en prie, lança-t-il en ouvrant la portière et en lui tenant la main.

Elle se retourna pour poser son exceptionnel petit cul sur le siège en cuir. Des kilomètres de jambes sexy l'excitèrent désespérément, jusqu'à ce que Lara les fasse rentrer gracieusement dans la limousine.

Il n'eut besoin que de ce simple aperçu pour faire irriguer tout son sang vers le bas. Il prit alors son temps pour s'asseoir à côté d'elle dans le véhicule, dans l'espoir de calmer son érection.

La petite part de contrôle qu'il avait reprise s'évanouit lorsqu'il ouvrit la portière et que l'odeur de Lara emplit ses narines.

Ce n'était plus du bois, mais du béton dans son pantalon.

Il finit par s'installer en faisant qu'il n'y avait aucun problème. Il prévint le chauffeur qu'il pouvait démarrer.

La voiture quitta le bord du trottoir et Alex porta son attention sur Lara. Il s'attendait à ce qu'elle soit sur son téléphone ou en train de regarder par la fenêtre. Elle ne faisait rien de tout ça.

Elle était en train de le mater. Ses yeux brun doré le

caressaient avec autant de réalisme que si elle avait réduit l'écart entre eux et qu'elle était en train d'utiliser ses mains. Ses joues rougissaient, mais ce fut lorsque son regard se posa sur son entrejambe que...

Non...

Ce fut *sa* langue qui apparut, laissant une légère trace humide qui le conduisit au bord de la folie.

— Tu as besoin de quelque chose, trésor ? demanda-t-il d'une voix si grave qu'on le comprenait à peine.

Lara inspira profondément et le dévisagea, tout en essayant de s'éloigner de lui dans le si petit espace qu'ils occupaient.

Ses doigts glissèrent le long de l'ourlet de sa robe.

Il voulait être celui qui caressait le tissu scintillant et la peau qu'il recouvrait. Il en avait tant envie qu'il aurait pu jurer que ses poils s'étaient dressés.

Alex patienta, les mains posées sur ses propres putain de cuisses.

Le silence s'éternisa entre eux. Son ouïe était décuplée et chacune des respirations haletantes de Lara attisait le désir dans son corps.

Elle finit par prendre la parole, le menton relevé :

— Je suis désolée. Je ne savais pas que tu serais là ce soir, sinon j'aurais trouvé une manière de me désister.

Qu'est-ce que c'était que ce bordel ?

— Pourquoi ?

La confusion se lut dans son regard.

— Parce que c'est une soirée exceptionnelle qui prévoit un repas spectaculaire, et maintenant, tout va être gâché.

Il ne lui faisait pas confiance. Malgré ce détail, il avait encore plus envie d'elle que de continuer à respirer. Il voulait savoir ce qu'elle tramait. Il voulait l'allonger et la baiser à en perdre conscience, enivrés de plaisir.

Eh oui, il éprouvait des émotions résolument contradictoires à son sujet, mais la déception lui noua l'estomac :

— Je te déplais tant que ma simple présence suffit à te couper l'appétit ?

La confusion de Lara se transforma en incompréhension.

— Ce n'est pas moi, c'est toi. C'est à toi que *je* ne plais pas.

Elle se préoccupe de...toi ? Ça veut dire qu'on lui plaît !!!

Son ours bondit et commença à les imaginer au lit sans qu'Alex puisse protester.

Il secoua la tête pour se débarrasser des images torrides qui bombardaient son cerveau.

La ferme, ou je me lance dans un régime végan pendant un mois.

Son ours grogna.

Lara semblait se préparer à une attaque.

— Alex ?

— Désolé. Un souci avec mon ours. Il joue les salauds.

Il fut surpris d'avoir laissé échapper l'explication si rapidement.

Sa « camarade » adopta un air compréhensif et un sourire en coin, qui lui donnèrent un air plus joueur que triste.

— Mon loup fait ça aussi, avec moi.

L'injonction de ses frères résonna : être agréable. Ce rappel l'incita à repartir à zéro.

Lui et Lara n'étaient pas amis, mais il n'était pas encore certain qu'ils soient véritablement ennemis. Peut-être trouveraient-ils un terrain d'entente ?

Un terrain d'entente avec du sexe ? proposa son ours avant de disparaître derechef.

Alex prit une autre bouffée d'air pour inspirer l'effluve de son parfum. Il reluqua une dernière fois ses courbes avant de lever son regard vers le sien.

— Tu veux la vérité ? Ce n'est pas que je ne t'apprécie pas, Lara. Le problème, c'est que j'apprécie peut-être tes... *atouts*... un peu plus qu'il n'est indiqué, au vu des circonstances.

La bouche de la métamorphe forma un « o » indiquant sa surprise.

Il irait droit en enfer si l'on avait connaissance de la multitude de choses qu'il avait envie de faire à cette bouche délicate.

La limousine se gara devant le Grand Hôtel et mit un terme à la conversation, et à ce commentaire qui avait eu l'effet d'une bombe.

Alex se précipita pour faire le tour du véhicule et lui ouvrir la portière. Il admira ses gestes séduisants lorsqu'elle glissa à la verticale. Son ours approuva et gronda de bonheur à la vue de ses jambes et des talons aiguille vertigineux qui ornaient ses pieds.

— Je te dirais bien de faire attention aux pavés, mais je parie que tu serais capable de faire de l'escalade avec ces petites choses sexy...

Lara se rapprocha et enserra ses doigts autour de son coude.

— Un autre compliment ! Alex Borealis, si tu ne fais pas attention, je vais finir par croire que l'on t'a enlevé pour te faire un lavage de cerveau.

Il s'esclaffa et la guida à travers la foule qui grouillait autour de l'entrée, attirée par les caméras et les éclairages installés pour un tournage.

Le hall principal du bâtiment était fait de bois et de vastes espaces. C'était une démonstration époustouflante, audacieuse, impressionnante de l'architecture du nord. Des couples élégamment vêtus attendaient par petits groupes que les organisateurs les appellent dans la grande salle.

Un duo familier se tenait à côté de la porte, en train de discuter avec les autres. Son grand-père et sa grand-mère portaient des vêtements habillés, ils étaient bien apprêtés pour la soirée.

Il fut consterné. Quelles étaient les probabilités qu'ils soient présents et qu'ils n'assistent *pas* à l'événement ? Elles étaient presque nulles. Alors, Alex s'était mis sur son trente-et-un pour rien, sans parler du sermon de ses frères qu'il avait dû supporter et de la tourmente sexuelle qu'avait représentée le trajet en limousine. Soit James avait foiré – ce qui était peu probable – soit c'était son grand-père. *Encore une fois.*

Bon. Tout le monde faisait des erreurs. Mais entre celle-ci et la précédente, qui les avaient menés droit au clash avec Lara, Alex devrait se questionner : ou il se passait quelque chose, ou son grand-père devenait sénile.

Un homme imposant qui restait dans le coin de la pièce l'interpella. Le géant lui semblait familier, mais ce ne fut que lorsque le regard de l'homme se posa sur Lara et qu'il plissa les yeux de rage qu'Alex le reconnut. Il s'agissait de l'un des instigateurs de la bagarre à la taverne des Diamants le mois dernier. Il avait été mis au tapis par Lara et ses remarquables aptitudes.

Monsieur le trouble-fête fonça vers eux, dans une attitude tout sauf accueillante.

Lara le repéra et murmura un juron.

— Joue le jeu, s'il te plaît, demanda-t-elle à Alex avant de coller un peu plus son buste contre le sien.

Sans réfléchir, Alex enlaça sa taille et posa sa paume sur

le bas de son dos. Lorsqu'elle se retourna, il en fit de même. Ils firent ainsi front commun face au métamorphe agressif.

Alex aurait dû prêter davantage attention à l'homme, mais la peau à l'odeur de miel de Lara fut une puissante distraction.

La chaleur et le contact de sa peau l'électrisèrent. Frappé par la passion et l'adrénaline, il se prépara au combat.

L'homme voulut se jeter sur Lara lorsqu'il trébucha et s'arrêta. L'ennemi avait remarqué Alex. Il analysa leur position et nota sans l'ombre d'un doute le faux sourire d'Alex qui montrait les crocs.

L'homme continua de les observer à tour de rôle avant de manifester sa frustration. Il fit machine arrière, laissant le groupe derrière lui pour retourner dans l'ombre.

Lara poussa un soupir et s'appuya contre Alex. Ses lèvres frôlèrent son oreille lorsqu'elle murmura ses remerciements et qu'elle ajouta :

— Je n'avais vraiment pas envie d'avoir affaire à ça maintenant.

Habituellement, il aurait été ennuyé par l'absence de combat, mais pour une raison inconnue, là, ça ne le gêna pas. S'il pouvait être collé à Lara toute la nuit, cela ne le dérangerait pour rien au monde.

Le reproche déforma les traits de son grand-père. Ses iris ne se détachaient pas du bras protecteur d'Alex autour de Lara...

L'odeur de l'épiderme de la jeune femme agit une fois de plus comme une drogue dont l'ours arrogant ne pouvait se débarrasser.

Rester avec la louve ? suggéra sa bête intérieure.

Oh, oui, c'était une merveilleuse idée.

La description de Lara dressée par Giles Borealis

quelques semaines plus tôt lui revint à l'esprit. Son grand-père la voyait comme une personne glaciale, qui ne méritait pas l'attention des Borealis. À quel point cela ennuierait-il ce vieux bouc qu'Alex passe toute la soirée à ses côtés ?

En prime, jouer ce coup bas le laisserait surveiller Lara de très, très près, ce qui l'embrouillerait forcément.

C'était simple et tordu. Parfait. Il pourrait s'y atteler en restant charmant, ainsi qu'il l'avait promis à ses frères.

Son plan bien rodé, Alex se pencha près de Lara et approcha ses lèvres de son oreille :

— La nourriture sera exquise, et nous savons tous les deux que c'est bon pour les affaires d'offrir une image positive au public. Dans ces circonstances, je suis heureux de profiter de ta compagnie.

7

Alex les conduisit en direction de l'assemblée et garda Lara près de lui. Le groupe filait dans des directions différentes pendant que les organisateurs prenaient les commandes de la soirée. Bien qu'il perdît de vue son grand-père, bien d'autres choses attirèrent l'attention d'Alex.

La salle de réception avait été décorée de nombreuses petites tables rondes dressées pour quatre convives. Des plateaux de nourriture encore fumante étaient disposés sur de longues tables. L'odeur qui s'en dégageait lui mit l'eau à la bouche.

Toutes les quinze à vingt minutes, une petite cloche sonnait et tout le monde se levait pour se rendre à la prochaine table. Les invités se servaient de nouveaux plats faits de produits fraîchement préparés et s'installaient dans un endroit différent pour discuter avec de nouveaux commensaux.

La bonne nourriture et les conversations intéressantes ébranlèrent à peine la conscience d'Alex, car Lara était près de lui. Son odeur se frayait un chemin à travers tous ses sens. Son toucher était addictif. Lorsqu'elle posa une main sur son bras, riant à un commentaire d'un autre invité, Alex dut se rendre à l'évidence : il ne souffrait absolument pas.

Après une dernière rotation, ils finirent par se retrouver à la table de ses grands-parents.

Il était temps de passer à l'action.

Alex prit une chaise à côté de sa grand-mère pour Lara. Il se pencha vers elle et posa délicatement ses lèvres contre sa joue.

— Détends-toi, trésor. Je vais nous chercher un autre verre.

Les yeux de Lara lancèrent des éclairs, mais elle continua de sourire.

— Merci, *mon chéri*. Ce sera l'occasion rêvée de poser quelques questions à ta grand-mère.

Zut. Les laisser seules toutes les deux n'était peut-être pas la meilleure des idées, surtout que son grand-père n'était nulle part en vue.

Mamie Laureen lui fit signe de partir.

— Vas-y, Alex. Lara sera entre de bonnes mains avec moi.

Il eut un instant d'hésitation, et la vieille dame haussa un sourcil. Sa poigne de fer contrastait avec son sourire modeste. Cette femme supportait son grand-père depuis belle lurette. Il était logique qu'elle soit aussi têtue que chacun d'entre eux.

Lara se pinça les lèvres. Joueuse, elle envoya un baiser à Alex. Ce dernier leva les yeux au ciel avec bonhomie et s'éloigna de la table pour aller leur chercher à boire.

Il venait juste de prendre deux verres d'un excellent Merlot du bar à vin lorsqu'il fit face à un regard extrêmement déçu.

— Quand est-ce que tu vas grandir, mon garçon ? interrogea son grand-père.

— Oh, je fais déjà un mètre quatre-vingt-treize, répondit-il.

Jouer aux idiots était extrêmement satisfaisant

Son grand-père fronça les sourcils en direction de la table où Lara et sa grand-mère discutaient.

— Peux-tu m'expliquer ce que tu fiches avec *cette* femme ?

— Je pensais que tu l'admirais ? Tu n'as pas dit qu'elle était brillante du point de vue de la sécurité ?

Il était amusant de lui renvoyer la balle.

Son grand-père émit un bruit grossier.

— J'ai dit que c'était la seule de sa lignée de vauriens à posséder ce qui pourrait ressembler à un cerveau. Je parlais d'affaires, pas de plaisir. Cette fille ne te convient pas du tout. C'est ridicule de te voir lui tourner autour. Elle te manipule, je te le garantis. Elle ne s'intéresserait jamais à un type dans ton genre, tant mieux, d'ailleurs.

— *Mon* genre ? s'exclama Alex sans savoir s'il devait en rire ou s'énerver. Je suis très bien, du genre... imprévisible. Bien sûr qu'elle s'intéresse à moi ! Je suis un Borealis.

— Balivernes ! Elle est jolie, je te l'accorde, mais elle est frigide au possible. Elle est intelligente, douée pour la sécurité, bien sûr. En dépit de ça, il faut dire qu'elle ne possède rien qui pourrait stimuler un homme et le rendre heureux, débita son grand-père. Enfin, il marqua une pause et hocha vigoureusement la tête.

Son visage s'illumina lorsqu'il comprit.

— Oh, je vois. Tu remplis ton devoir envers la compagnie. C'est une idée brillante. Je te remercie. C'est bien dommage que tu aies à la supporter pour y arriver ! N'en fais pas trop non plus, ça te donne l'air bête de te pâmer devant quelqu'un qui ne te convient manifestement pas.

La colère s'abattit sur Alex. Tout d'abord, il n'avait pas l'air idiot, et ensuite... qu'est-ce qui clochait chez son grand-père ? Était-il en train de devenir aveugle en plus de perdre la tête ?

Frigide ? *Lara ?*

Sa réponse fut bien plus glaciale que celles qu'il réservait habituellement au patriarche de la famille.

— Et si tu t'occupais de ta femme et que je faisais ce qui me chantait ?

— Surveille tes manières, jeune homme, le somma brusquement Papy Giles.

Alex se courba légèrement.

— Bien sûr. Si tu veux bien m'excuser.

Avant que le vieil homme n'ait pu protester, Alex posa les verres de vin qu'il avait à la main sur le plateau que son grand-père Giles tenait en équilibre. Puis, il tourna les talons et se dirigea à table en vitesse. Il laissa son aîné derrière lui se déplacer avec prudence pour tout maintenir à la verticale.

Le jeune Borealis embrassa sa grand-mère sur la joue.

— Tu as pris soin de ma Lara ?

Grand-mère Laureen tiqua. Une seconde plus tard, elle leur adressa un sourire.

— Nous avons passé un moment agréable. Savais-tu que nous avons étudié dans la même université ?

— Je l'ignorais, répondit Alex en attrapant Lara par la main.

Le grand-père Borealis arriva, son visage rougi et gonflé d'avoir dû esquiver des invités pour parvenir à leur table.

— Je vous demande de nous excuser. J'aimerais discuter en privé avec Lara.

— Ce fut un plaisir de vous rencontrer, lança Lara par-dessus son épaule.

Alex tira son poignet d'une main ferme et la traîna presque dans le coin de la pièce.

—Ralentis !

Ils attiraient l'attention. C'était ce qu'il souhaitait.

— J'ai besoin de ton aide, lui avoua-t-il sans détour. Joue le jeu.

L'attitude de Lara changea sur-le-champ. Elle se mobilisa à ses côtés, à la fois forte et délicieuse.

— Qu'est-ce qui ne va pas ? demanda-t-elle à voix basse.

Elle étudia les environs.

Juste là. Le débarras d'où les chaises supplémentaires avaient été sorties un peu plus tôt se trouvait à quelques mètres de là.

Alex fit pivoter Lara et fit reculer jusqu'à la coller contre la surface en bois massif.

— Ne me frappe pas, lui ordonna Alex. Ne gigote pas non plus. J'ai besoin que tu m'embrasses. Maintenant.

Durant quelques instants, il se demanda si elle allait comprendre qu'il était en train de bluffer.

Elle colla ses lèvres aux siennes. Ses mains entourèrent ses épaules et ses ongles s'enfoncèrent dans sa chair. Son baiser était un feu ardent, comme si elle avait attendu cette opportunité toute sa vie.

Le désir d'ennuyer son grand-père fut aussitôt remplacé par un besoin viscéral.

Alex se donna à cent pour cent. Le goût de Lara le bouscula. La poitrine de la jeune femme se rapprocha légèrement de son torse. La planche qui soulevait le devant de son pantalon de smoking était désormais bien visible.

Dans leur dos, les conversations chuchotées se poursuivirent pendant que la plupart des invités continuaient à dévorer les délicieux amuse-gueules. Mais son grand-père les observait ; Alex en était certain.

Parfait. Frigide... tout à fait.

Il tourna la poignée de la porte et les fit entrer dans l'obscurité

— Qu'est-ce que... ?

La porte se referma et la bouche d'Alex avala sa réponse lorsqu'il y retourna pour en avoir plus. Il avait lâché la bête, et même s'ils n'iraient pas *trop* loin, s'arrêter maintenant... ?

Ce n'était pas prévu. Pas si elle ne lui disait pas d'arrêter.

Dieu merci, Lara ne semblait avoir aucune intention de le faire. C'était elle qui l'attaquait. Malgré ses griffes de loup rentrées, elle griffa ses épaules assez violemment pour y laisser des marques douloureuses qui le piquèrent. Leurs langues se lièrent et cherchèrent avidement à en obtenir plus.

Elle se frotta contre lui et gémit de frustration.

Alex baissa une main pour relever sa robe assez haut pour pouvoir attraper une de ses jambes, qu'il souleva par-dessus ses hanches. La chaleur de son intimité se propagea contre son entrejambe. La seule chose qui l'empêcha d'ouvrir sa braguette et de la prendre juste-là, c'était le fait que des gens, dont sa famille, étaient de l'autre côté de la porte déverrouillée.

— *Oui*, lâcha-t-elle dans un gémissement passionné qui vint ondoyer contre sa peau.

Lara se pencha en arrière et il appuya sa bouche contre son cou, qu'il suça assez fort pour y laisser une marque. C'était de la folie, c'était impossible, mais lorsqu'il se frotta contre elle, un véritable feu inonda sa colonne vertébrale, et il sentit l'inévitable explosion arriver.

Il écarta ses hanches et arriva au point voulu. Il ralentit

ses mouvements délibérés, se frottant à elle avec une passion qui la fit frémir sous ses mains.

— Je... Oh, *mon...*

— Dis mon nom, exigea Alex.

Il attrapa le lobe de son oreille entre ses dents. Lara poussa un faible cri.

— *Dis-le.*

Ses mots n'étaient qu'un cri guttural. Elle tira la tête en arrière, assez loin pour le regarder droit dans les yeux, puis expira en prononçant son prénom, rallongé de vingt-sept syllabes environ :

— *Allleeeeeeeexxxxxxx.*

Il écrasa sa bouche contre la sienne et accéléra le mouvement. Lorsqu'elle succomba entre ses bras, il captura son cri entre ses lèvres et se joignit à son orgasme. Le plaisir envahit son corps, si fort que ses jambes menaçaient de plier.

Son poids contre le corps de la jeune fille la tenait debout. Leur respiration rapide résonnait dans la petite pièce.

Du plaisir, oui, du plaisir insatiable. Là, dans l'obscurité, Alex rit doucement.

Lara se raidit contre lui. Il caressa son cou lisse avec son nez et l'apaisa d'une voix douce :

— Je ne me moque pas de toi, trésor. Je repense juste à mes frères qui m'ont dit d'avoir un comportement exemplaire ce soir. Je peux te garantir que j'ai fait de mon mieux !

Elle rit avant de toussoter avec élégance.

— Ma sœur m'a dit de me faire des amis. Je ne pense pas qu'elle faisait référence à ce type d'amis.

Il rit de nouveau.

— Qui aurait pu penser que l'on collaborerait avec autant d'efficacité tous les deux ?

C'était vrai.

Ils remirent les choses en place et se redressèrent, tout cela dans le noir. Alex fut content d'avoir son mouchoir de poche aux dimensions faites pour un ours pour dissimuler les dégâts. Il ne s'arrêtait pas de sourire. Une partie de la tension entre eux s'était visiblement relâchée. Il ne lui faisait toujours pas confiance. Pas complètement, en tout cas. Il était tout à fait disposé à prendre ce risque pour découvrir *exactement* ce qu'elle mijotait avant de décider qu'elle était dangereuse.

Il y avait bien une chose dont il était certain : il lui faudrait plus de *ça,* à l'avenir.

8

———

*L*ara se massa les tempes pour tenter d'estomper la douleur. Son corps entier était sur des charbons ardents et son loup était sur le point de devenir fou.

Cela faisait exactement cinq jours, douze heures et cinquante-sept minutes qu'elle avait vu Alex pour la dernière fois. Elle n'avait fait que le croiser au supermarché. Elle aurait été prête à le clouer au sol et à le dévêtir sur-le-champ.

Cinq jours, douze heures et cinquante-huit minutes.

Tenir le compte lui permettait de penser à quelque chose de concret, afin de se contenir et d'éviter de se métamorphoser en loup et de le traquer afin d'obtenir ce qu'elle souhaitait.

Cette expérience sexuelle dans le noir une semaine plus tôt avait ouvert une porte qui aurait mieux fait de rester fermée. Maintenant, elle en voulait plus.

La seule façon de s'extraire de cette horrible situation, c'était de penser à autre chose et de se plonger dans la routine. Elle avait récupéré le courrier dans la boîte postale

56

de la meute et avait constitué une pile bien organisée sur le côté gauche de son bureau.

Un coupe-papier à la main, elle ouvrit la première enveloppe et s'efforça de ne pas s'imaginer faire courir cette lame sur le devant de la chemise d'un certain Alex Borealis. Elle voyait déjà les boutons sauter dans tous les sens, le tissu fraîchement repassé s'écarter pour dévoiler son torse qu'elle avait envie de lécher...

Le coupe-papier glissa et se planta droit dans son annulaire. Lara le maudit et fourra son doigt blessé dans sa bouche pour apaiser la douleur.

Super. Fantastique. Ça saignait, dis donc.

Elle ne se contentait plus de souffrir, car elle ne pouvait pas toucher cet homme. Non, il fallait qu'elle se blesse rien qu'en *pensant* à le toucher.

Pendant les quinze minutes qui suivirent, elle ordonna à son loup de bien se tenir pour pouvoir se concentrer un minimum sur ce qu'elle avait à faire : une pile pour les factures et une autre pour la correspondance de Minuit Inc. Le courrier indésirable à recycler, dans une troisième.

Elle avait presque terminé quand une enveloppe dorée révéla une invitation cartonnée.

Félicitations !
Vous êtes le gagnant du mois.
Vous bénéficiez d'un séjour de trois nuits tout compris aux
Délices Chatoyants
Notre spa et centre de relaxation de renommée mondiale est
ravi de vous accueillir.
Préparez-vous à vous laisser aller au plaisir.
Merci de nous contacter pour choisir votre date d'arrivée et
les forfaits détente offerts qui vous conviennent le mieux.

*Nous espérons que vous passerez le week-end le plus
mémorable de votre vie chez nous.*

Lara fixa l'invitation. Elle la relut.

L'enveloppe était adressée à Mademoiselle Lazuli de Minuit Inc. Au dos figuraient les conditions en petits caractères : le gain n'était pas échangeable contre sa valeur en espèces, il devait être accepté sous cette forme, bla-bla-bla.

Elle tapa *Délices Chatoyants* dans un moteur de recherche. Deux minutes à parcourir leur site, et elle bavait déjà d'envie. Cet endroit était le paradis terrestre.

Seulement...

Le message s'adressait-il à Crystal ou à elle ? Pourquoi se trouvait-il dans la boîte postale de la meute Orion, sans mentionner un destinataire précis ? S'agissait-il *réellement* d'un spa, ou était-ce une couverture ? ? Un blanchiment d'argent. Un trafic clandestin.

Guidée par ses soupçons, Lara téléphona au numéro inscrit sur le carton d'invitation.

— Délices Chatoyants, bonjour. Vanessa à l'appareil. Comment puis-je enchanter votre journée ?

Lara pinça les lèvres pour éviter de rire. D'accord, ils misaient tout sur leur image de marque, mais quand même...

— J'essaie de savoir si j'ai reçu un chèque-cadeau authentique ou un faux.

— Je peux vous aider, répondit Vanessa, la voix calme, apaisante et rassurante. Au verso de votre chèque-cadeau, dans le coin en haut à gauche, vous trouverez un code alphanumérique à six caractères.

Lara retourna le carton d'invitation : en effet, il y avait un code, au bon endroit. Elle le lut à haute voix.

— Un instant, s'il vous plaît. Le système informatique cherche les données.

La patience n'était pas le point fort de Lara. Heureusement, Vanessa reprit la parole directement :

— Ai-je le plaisir de parler à mademoiselle Lara Lazuli ?

Les soupçons de la fameuse demoiselle revenaient à la charge.

— Comment le savez-vous ?

— Les informations dans mon dossier lié au code m'indiquent que vous êtes la destinataire d'un forfait week-end privilège. Vous vous êtes inscrite au tirage au sort il y a six mois lors d'une journée portes ouvertes à Toronto, pour « L'avenir du tourisme. »

Waw. Effectivement ! Lara se rappelait s'être baladée dans les allées du salon et avoir transmis son nom et ses coordonnées, par l'intermédiaire de Minuit Inc., à des fins sécuritaires, et ce dans toutes les boîtes en vue de participer à tous les tirages au sort possibles.

Elle cligna des yeux à plusieurs reprises. La joie l'emporta :

— Eh bien, j'imagine que c'est moi, en effet. C'est incroyable, j'ai remporté autre chose qu'un ours en peluche à la fête foraine !

— Merveilleux ! Pouvons-nous donc choisir une date pour votre séjour aux Délices Chatoyants ? En ce moment, nous prenons des réservations pour le mois de mars prochain.

C'était dans sept mois. Elle ne pourrait tenir jusque-là maintenant qu'on lui avait promis des massages et des bains à remous !

Cependant, Vanessa reprit vie avant que Lara n'ait eu le temps de répondre.

— Un instant. Je viens de voir que nous avons eu une

annulation ce week-end, pour une arrivée dès demain. C'était pour le Grand Salon. Je pense que nous n'aurons pas d'autres réservations de sitôt. Je peux vous proposer un surclassement, gratuit, bien sûr. Cela vous conviendrait-il ?

Lara se débrouillerait. Elle griffonna la date en bas du carton d'invitation, accompagnée de nombreux points d'exclamation.

— Je serai là à la première heure.

Un rire discret lui parvint à l'autre bout du fil.

— Je vous y encourage ! Je vais vous envoyer par e-mail les informations dont vous aurez besoin. Nous avons hâte de vous accueillir pour le meilleur week-end de votre vie.

L'énergie positive qui avait pris possession de son corps était indomptable. Lara raccrocha et sauta de son fauteuil. Elle fit une danse de la victoire et tournoya dans la pièce, laissant toutes ses sources de tension s'envoler. Un week-end à prendre soin d'elle, fait de massages, contribuerait grandement à soulager la douleur liée à ce qu'elle ressentait pour son compagnon.

Elle avait tant envie de lui qu'elle aurait pu jurer le sentir dans l'air. Son parfum résolument masculin influençait et son cœur et son intimité.

Pourquoi il est là ? voulut savoir son loup. *Je le veux.*

C'est notre imagination, lui assura Lara.

Je t'en prie ! Qui de nous deux a le meilleur odorat ?

Il marquait un point. Si ce n'était pas son imagination débordante, alors, Alex se trouvait là où il n'aurait pas dû être. Les loups Orion n'autorisaient guère les visites de la demeure de la meute.

Elle traversa la pièce et se jeta sur la porte aussi vite qu'un missile. Puis, elle laissa apparaître sa tête dans l'angle, espérant ainsi le prendre sur le fait.

Le couloir était vide. Seule son odeur persistait.

À un peu plus de trois mètres de là, un autre couloir rejoignait celui dans lequel elle se trouvait. Une ombre légère, anormale, s'étirait au sol. Lara se tenait prête à le choper.

Soudain, un fracas terrible brisa le silence. On aurait dit que quelque chose de lourd et métallique était tombé au sol.

— Bordel, *à l'aide* ! Lara ! Crystal ! *N'importe qui* ! hurla Tatie Améthyste. Le silence revint.

Lara vint à la rescousse de sa tante, laissant de côté le mystère Alex.

9

Une *introduction par effraction*. C'était une appellation très forte, aux connotations si négatives, alors qu'on pouvait simplement voir ça comme une collecte d'informations. De plus, Alex n'était pas entré *par effraction*. Il était entré dans la maison de la meute...

Bon, d'accord, il avait escaladé une paroi arrière, traversé le toit et s'était introduit dans le système d'aération avant d'atterrir dans le couloir reculé qu'il avait *ensuite* remonté pour arriver à destination.

Aucune effraction. Ce n'était qu'une petite promenade. Se faufiler en douce, ce n'était pas vraiment illégal si c'était dans le but de « vérifier les systèmes de sécurité d'une amie ». Bien sûr, *cet* accord était censé être établi à l'avance entre les deux parties. Mais bon, demander à Lara si son point de vue d'expert l'intéressait n'était pas de bon ton. Par le passé, elle avait admiré son impressionnant cheval de Troie, après tout. Elle serait forcément d'accord pour qu'il jette un œil à ses... systèmes.

Son ours se moqua.

Je peux faire une blague ?

. . .

C'est moi *qui suis immense et impressionnant, tu sais. Si ton « point de vue d'expert » fait référence au sexe, ne devrais-tu pas le pratiquer pour rester au sommet de ton art ?*

La ferme, répondit Alex par réflexe.

Il était surtout amusé. Dernièrement, ça avait été une période creuse.

Je dis ça, je dis rien...

Alex sourit. Il descendit un peu plus le long du couloir, puis franchit la porte ouverte qui menait au bureau de la meute Orion. C'était trop simple. D'autant plus compte tenu de cet appel à l'aide qu'il avait entendu.

Il s'était préparé à passer à l'action. Sa présence indésirable dans la maison de la meute lui était sans importance.

L'appel au secours fut suivi de rires. Visiblement, le problème avait été résolu.

La porte qu'il referma n'avait pas de verrou. C'était ce qu'il avait soupçonné. Aucun loup sain d'esprit n'aurait voulu investir les terres de son alpha sans permission.

Cependant, Alex n'était pas un loup. C'était un ours polaire grognon, las de l'absence d'informations. Ses recherches ne le menaient nulle part. En prime, il n'était parvenu qu'à entrevoir brièvement Lara de rares fois. Elle n'y mettait pas du sien : elle ne traînait pas là où il aurait pu la traquer – *suivre* – sans trop de difficultés.

Quelque chose se tramait et il voulait en avoir le cœur net. Il était temps de prendre son destin en main et tout le tralala.

Une vague de chaleur inattendue le submergea. Alex s'agrippa sur le rebord du bureau pour garder l'équilibre. La douce odeur de Lara était prégnante. Il ferma les yeux, saisi de convoitise.

Vouloir. Vouloir maintenant.

Les plaisanteries s'étaient tues.

C'était inhabituel.

Son ours s'exprimait bien en général. Il aimait lui rappeler qu'il était un animal sauvage. Quand cela n'arrivait pas, c'était parce que...

Eh merde.

Vouloir femme sexy. Vouloir louve. Besoin louve.

Alex se frotta le visage.

Il encouragea sa bête intérieure.

Est-ce que tu veux dire ce que je pense que tu veux dire ?

Seul un grognement sourd et retentissant lui répondit.

Génial. La raison principale de ce comportement : la fièvre d'accouplement était proche.

Alex tenta de respirer pour se calmer, mais cela se retourna contre lui. Les effluves de Lara lui arrivèrent à nouveau.

Réfléchir. Il devait *réfléchir*. Si les choses se déroulaient comme prévu, l'envie de baiser serait fluctuante pendant les vingt-quatre heures à venir. Rien ne pourrait s'opposer à l'instinct animal d'accouplement, et cela tournerait à plein régime pendant une bonne semaine. Fort de ses sept années d'expérience avec la fièvre, Alex avait réussi à respecter une routine solide. Arrivé à ce stade, il préparerait son sac et se dirigerait dans la nature pour s'y cacher pendant toute sa durée et se tenir à l'écart du sexe opposé.

Il avait mis au point une stratégie depuis que son frère James avait exposé son plan pour contrer la fièvre d'accouplement : traquer sa meilleure amie et inclure une bonne dose de sexe dans leur relation.

Alex ne souhaitait pas du tout reproduire la deuxième partie du plan de son frère, vu que James avait fini accouplé à sa compagne de fièvre d'accouplement.

Il fallait reconnaître que le principe restait brillant.

Alex devait trouver quelqu'un de qui son ours avait envie de se rapprocher, mais qui ne serait pas une compagne compatible. Quelqu'un comme la sexy Lara.

La voulait-il dans son lit ? Oui, bordel. Il avait envie de la prendre au sol, contre le mur, sous la douche, et qu'elle le chevauche.

La voulait-il pour toujours ? Non, bordel.

Il n'avait pas confiance en elle, mais cela ne voulait pas dire qu'ils ne pouvaient pas trouver un terrain d'entente pour une semaine explosive.

Il n'avait plus beaucoup de temps avant la fièvre. Ainsi soit-il. Il devait trouver Lara et la convaincre qu'il était dans leur intérêt de se laisser aller à un moment de débauche. Cela serait au moins dans l'intérêt de leur libido.

Il savait qu'elle vivait à la maison de la meute allait devoir l'attirer à l'écart cette semaine. Afin de l'amadouer, il pourrait lui apporter du chocolat ou de bons donuts. Leurs effusions dans le cagibi étaient la preuve d'une attirance véritable, et cela l'aiderait.

Alors qu'il comptait démarrer la prochaine étape de son plan, Alex aperçut un morceau de papier sur le bureau. Ce bout de papier était imprégné de l'odeur de Lara, et il était griffé de son écriture, en bas.

Alex en prit connaissance. Son séjour au spa de son amie commencerait le lendemain pour une durée de trois nuits.

En fait, Alex n'avait pas besoin de la convaincre de se

rendre à son appartement. Sans le savoir, elle avait déjà trouvé l'endroit parfait pour une escapade de fièvre d'accouplement. Elle était brillante.

Louve très sexy, gémit son ours.

Cela rappela à son hôte qu'il avait besoin d'insister sur un point. Il devait être certain que son ours était sur la même longueur d'onde que lui.

On peut aller trouver Lara, mais tu sais que ce qu'on fera avec elle, ce sera uniquement pour s'amuser.

L'excitation de la bête était perceptible.

Sérieusement ? Je peux jouer avec la louve sexy ?

Et voilà. S'amuser, jouer, des séances de sexe effréné, c'était la même chose. C'était *putain* de génial.

On peut jouer seulement si elle dit oui, l'avertit Alex.

Il aurait beau perdre la tête à cause de la fièvre d'accouplement, ce n'était pas un connard prêt à se taper une femme qui n'était pas intéressée. Si elle refusait, il disparaîtrait dans la nature sous sa forme d'ours, et il souffrirait, seul. Il n'avait que faire du pacte qu'il avait passé avec ses frères ; s'il ne pouvait pas avoir Lara, il ne se chercherait pas un coup d'un soir, juste comme ça.

Le simple fait de s'imaginer avec une autre femme le fit frissonner d'horreur.

Lara devait dire oui.

Il faudra peut-être faire preuve de créativité pour lui poser la question.

Je m'en occuperai. Je suis bien plus charmant que toi !

Alex rit en silence en retournant sur le toit de la maison de la meute. L'air frais qui lui arriva au visage aiguisa ses sens et le mit de bonne humeur alors qu'il s'échappait en toute discrétion.

Il s'arrêta à son bureau en vue de terminer quelques tâches indispensables, et le quitta une heure plus tard avec la sensation agréable de partir en vacances. C'était un état d'esprit bien différent de celui dans lequel il se trouvait généralement à ce stade de la fièvre d'accouplement.

Sur le chemin de son appartement, il reçut un appel entrant sur son téléphone kit mains libres.

Appel de : Papy.

Depuis le gala, Alex était parvenu avec brio à éviter le vieil homme en dehors des heures de travail. Il ne fallait pas que son grand-père sache ce qui était en train de se passer.

Il ferait mieux de faire en sorte que le vieux bouc reste hors de son chemin.

— Salut, Papy. Comment se passe ta journée ?

— Ma journée se passe très bien, mais la tienne non, se plaignit Papy Giles. Pourquoi je te laisse des messages vocaux si tu ne me rappelles jamais ?

— Je ne sais pas. *Pourquoi* me laisses-tu des messages vocaux si je ne te rappelle jamais ?

Son grand-père grogna. Alex explosa de rire.

— Petit rejeton ingrat, répondit son grand-père en faisant claquer sa langue pour manifester sa désapprobation. Tu es plutôt brillant, tout de même, donc je te pardonner certaines petites mauvaises habitudes, comme quand tu oublies tes bonnes manières.

— Merci beaucoup.

Alex transféra l'appel sur son téléphone lorsqu'il laissa sa voiture sur le parking et qu'il se dirigea vers son appartement.

— Y a-t-il quelque chose en particulier ? voulut-il savoir.

— Garder cette fille miniature de Minuit Inc. à l'œil était intelligent. J'apprécie ta démarche. Bien que j'aurais aimé que tu me préviennes du fait que les rapprochements de la semaine dernière étaient uniquement liés au boulot. Pendant un moment, j'ai craint que tu ne perdes la tête.

Une fois de plus, Alex ne put s'empêcher de penser à la santé mentale de son grand-père.

Ses commentaires hasardeux au sujet de leur incompatibilité et de sa froideur n'avaient aucun sens et ne faisaient qu'agacer son ours.

— Lara ne peut pas me regarder dans les yeux. Il ne faut jamais faire confiance à quelqu'un qui est incapable de vous regarder droit dans les yeux et de vous dire bonjour poliment, l'avertit son grand-père comme si Alex était un préado qui devait apprendre les règles de bienséance.

— Quand as-tu vu Lara pour la dernière fois ?

Alex ne se rappelait pas que son grand-père l'ait rencontrée ailleurs qu'au gala, et cela avait été bref.

— Il y a cinq minutes. J'étais au supermarché pour faire quelques courses, j'ai tourné à l'angle, et elle était là, en train de pousser un chariot rempli de cochonneries et de glace.

Des choix inattendus. Grâce au temps qu'il avait passé en compagnie de leur responsable administrative, Amber, il savait que cela voulait dire que Lara cherchait du réconfort, ou qu'elle était gourmande.

Tout ce qu'il ignorait à son sujet le faisait autant souffrir qu'une dent endolorie.

— Depuis quand es-tu devenu critique culinaire ? demanda Alex à son grand-père. Il me semble avoir vu plus d'un sachet de bonbons d'Halloween planqué dans ton bureau chaque année.

Son grand-père maugréa, puis il en lâcha une belle :

— Je pense qu'elle allait faire un voyage en voiture. Il se pourrait que j'aie tendu l'oreille. On dirait bien qu'elle se rendra dans le nord demain matin. Ça ne me plaît pas, mon garçon. As-tu quelque chose de si indispensable à faire à l'usine ?

Ce fut une solution inattendue à l'un de ses problèmes.

— Es-tu en train de me dire de la suivre ?

— Je n'oserais pas te dicter comment faire ton travail, mais vu que nous avons des avoirs dans le nord et que ce n'est pas le cas de Minuit Inc., son voyage me semble suspect. Ce serait peut-être bien de la garder à l'œil, continua son grand-père sur un ton complice. Il vaut mieux garder une longueur d'avance sur la concurrence. On ne voudrait pas qu'ils nous fassent sauter au plafond !

Une douleur aiguë lui retourna les tripes lorsque son ours transmit une vision à Alex : lui-même en train de faire grimper Lara au plafond, tous les deux nus.

Alex serra les dents et se força à garder le contrôle. Sa voix était encore rauque lorsqu'il parvint à répondre :

— Merci de m'avoir prévenu. Je ne viendrai pas au bureau ces prochains jours. Selon ce qui se passera, je ne répondrai pas au téléphone non plus. Ne t'inquiète pas, la situation est sous contrôle.

Son grand-père lui répondit poliment et ils raccrochèrent.

Alex devait admettre, ou tout du moins, *se* l'admettre, quand bien même c'était la solution pour quitter la ville et s'occuper de la fièvre d'accouplement en cachette, il avait menti.

Sous contrôle ? Cela n'aurait pu être plus éloigné de la putain de réalité.

10

Lara était allongée sur le dos dans un nuage de douceur. Elle se détendait devant un bon feu de cheminée. Le plaid sur lequel elle se trouvait était si moelleux, si sensitif, qu'elle ne pouvait se retenir de le caresser. En fond, il y avait une musique douce qu'elle avait fait retentir d'une simple commande vocale.

Un faible éclairage et une odeur de fraises bien mûres dans l'air contribuaient à l'ambiance. Ce n'était qu'une partie des mets délicieux du plateau rempli de fruits et de chocolat qui l'attendait dans sa chambre.

Chambre ? Non, cet endroit était plus spacieux que son appartement. Il lui serait difficile de le quitter trois jours plus tard.

La route avait été courte et son arrivée aux Délices Chatoyants avait été exactement était semblable à la vie d'une princesse. On l'avait escortée directement vers sa suite et elle avait aperçu des personnes en uniforme apparaître et disparaître rapidement dans l'entrée principale. Tout ce dont elle avait besoin se trouvait à portée. Elle baignait dans le luxe.

La seule chose qui clochait, c'était le vide douloureux en elle qui ne demandait qu'â être comblé par son compagnon.

On trouvera un plan, promit-elle à son loup. *Dès notre retour, j'irai voir Crystal pour savoir ce qui se passe.*

Alors, elle pourrait agir et éventuellement se rapprocher d'Alex, jusqu'à envisager plus...

Beaucoup plus entre nous, commenta sèchement son loup.

La vision instantanée qui lui apparut fut de la torture à l'état pur. Elle avait senti son corps contre le sien. Elle avait posé ses mains sur son corps et ressenti la chaleur et la force qu'il avait en lui.

Elle se retrouva à caresser la couverture et jura à voix basse en se rendant compte que chaque caresse lui rappelait ses doigts dans les cheveux d'Alex.

Elle fut envahie par une envie irrépressible.

Lara soupira en introduisant une main dans son pantalon, ses doigts entre ses jambes.

Elle pouvait bien se faire plaisir juste avant sa séance au spa.

Elle n'avait prévu de sortir en public à aucun moment de son séjour, alors elle avait choisi des vêtements rangés dans la partie de son placard préférée. Sa tenue actuelle n'était autre que son pyjama le plus vieux. Il était décoloré, doux comme de la peau de bébé et usé jusqu'à la corde. La cheminée l'aidait à ne pas avoir froid. Enfin... la vision d'Alex lui donnait si chaud...

Ses yeux sombres fixaient les siens à mesure qu'il déboutonnait sa chemise pour la laisser tomber au sol.

Elle avait touché ses muscles du bout des doigts. Ressenti leur tension et leur puissance lorsqu'il l'avait tenue contre lui. Elle avait ressenti les frissons qui le parcouraient lorsqu'elle le touchait. Elle s'empara de cette sensation délicieuse et l'imagina l'entourer de ses bras, poser ses mains sur les siennes et la suivre en découvrant ce qui lui plaisait. Des caresses lentes, une tension qui grimpait.

Elle déplaça lentement ses jambes contre la douce caresse du plaid et augmenta le plaisir de la chaleur grandissant en elle. Ses doigts se firent moites lorsqu'elle l'imagina descendre le long de son corps. Ses mains s'appuyèrent contre ses cuisses, dévoilant ensuite ce qu'elle avait de plus intime.

Ses jambes tremblèrent. La tension grimpa en flèche. Elle rêva d'Alex de sa bouche sur son sexe, et de sa langue...

On frappa vivement à la porte.

Les doigts de Lara hésitèrent le temps d'une caresse puis reprirent leurs mouvements. Elle ignora les appels. Elle n'attendait pas d'invités et elle n'avait rien de plus important à faire...

Elle imagina ses mains appuyer lentement vers l'intérieur, glisser sur...

Boum, boum, boum.

Frustrée, Lara roula sur le côté. Elle se leva en trébuchant et tira sur son pantalon pour le remettre en place.

Ouvre la porte, lui ordonna son loup.

De quoi est-ce que tu parles ? lui demanda Lara, agacée, avant de placer son œil dans le judas.

C'est lui, lui indiqua sa bête intérieure. Les yeux de Lara confirmaient l'impossible vérité.

Alex Borealis se tenait dans le couloir. Il fixait sa porte, des flammes dans les yeux.

Oh. Mon. Dieu.

Peut-être disparaîtrait-il si elle l'ignorait.

Noooooooooon. Lara comprenait bien ce que ressentait son loup.

Dans le couloir, Alex se redressa. Il décroisa les bras de sa poitrine.

— Ouvre la porte, trésor. Je sais que tu es là.

Il prononça ses paroles avec calme, mais fermeté. Sa demande était une exigence. Soudain, elle s'emporta.

Lara ouvrit la porte à la volée et le fusilla du regard.

— Qu'est-ce que tu fous ici ?

Il inspira profondément et ses narines se dilatèrent. Son corps entier trembla. Il ferma les yeux et chacun de ses muscles se tendit. On aurait dit qu'il luttait contre lui-même.

Puis, il se redressa et la regarda droit dans les yeux.

— Bordel. Tu me tues.

Lara lécha ses lèvres qui s'étaient asséchées. Il était clair qu'il savait exactement ce qu'elle était en train de faire quelques instants plus tôt.

— Qu'est-ce que tu veux, Borealis ? demanda-t-elle.

Il baissa brièvement le regard au sol avant de le relever. Cette fois, il n'y avait plus rien d'exigeant dans son comportement. Seulement de l'honnêteté.

— Toi. Je te veux *toi*, bordel.

C'était la dernière chose qu'elle s'était attendue à entendre. Elle eut du mal à penser. Son loup faisait une telle gymnastique dans son cerveau ! Mais elle était quasiment certaine que ce qu'il disait n'avait rien à voir avec ce que son loup avait envie d'entendre.

Un bruit de voix dans le couloir lui indiqua qu'ils auraient un public d'ici quelques secondes. Lara fit alors la seule chose qu'elle put. Elle s'empara de la manche de sa chemise, le tira dans la pièce et referma vigoureusement la porte derrière lui.

— Je ne suis pas en train de dire oui à quoi que ce soit, le prévint-elle. J'essaie simplement de comprendre ce qui ne va pas chez toi. On n'a pas besoin de témoins.

Alex parut étonnamment docile pendant un moment. Il la suivit vers ce qui devait être l'endroit le plus sûr de la suite. Seulement, lorsqu'elle arriva dans la cuisine et qu'elle se retourna, elle découvrit que son regard visait ses fesses. À ce moment précis, aucun d'eux ne semblait avoir le plein contrôle de ses pensées.

Elle croisa les bras sur sa poitrine.

— Je vais faire l'impasse sur des questions plus complexes, par exemple, comment tu as su que je me trouvais ici et quel genre de pauvre type suit une femme dans son hôtel alors qu'il n'y est pas invité. Je veux savoir ce que cette remarque scandaleuse veut dire.

Alex attrapa sa main et la tira vers lui. Il jura en silence et son regard se flouta lorsqu'il la porta à ses lèvres.

Elle aurait dû bouger plus tôt. Dès qu'il ouvrit la bouche et qu'il suça ses doigts, les baignant dans une chaleur humide, elle fut incapable de bouger. Il ferma les yeux et gronda d'une voix forte et puissante. Le désir en elle grandit de façon exponentielle.

La voix d'Alex trembla lorsqu'il prit la parole :

— Dis-moi que je peux en avoir plus.

Il venait de lécher les doigts avec lesquels elle s'était masturbée.

Il la cloua sur place.

— Alex. Qu'est-ce qui ne va pas chez... ?

Oh, doux Jésus.

Il passa sa langue entre ses phalanges tout en la dévisageant. Son regard s'était embrasé.

Ses yeux n'avaient rien d'humain.

Elle s'adressait en définitive à son ours. Cela voulait dire que quelque chose était en train de se produire, ce qui voulait dire que...

Toutes ses recherches arrivaient à la même conclusion : Il était en pleine fièvre d'accouplement, ou sur le point de l'être.

Il est à nous, déclara son loup. *S'il te plaîîîîîît.*

Ce que lui avait dit son amie Kaylee lui revint à l'esprit. La seule façon qu'ils s'accouplent, c'était qu'ils soient tous les deux d'accord. Même si Alex se trouvait là pour une raison inexplicable, et qu'il avait visiblement envie de sexe, ça ne voulait pas dire qu'il voulait d'elle pour toujours.

Alors que c'était ce qu'elle désirait, elle. Au lieu de cela, on lui offrait quelque chose de provisoire, qui allait lui briser le cœur et la faire souffrir le martyre. Pour autant, pouvait-elle se refuser à lui ? Cela lui était impossible.

Lara posa sa main libre contre la joue d'Alex et le regarda bien en face.

— Est-ce que c'est la fièvre ?

L'expression sur le visage d'Alex s'emplit de joie. Il se rapprocha d'elle pour coller son corps au sien.

— Besoin de toi. Mais tu choisis : oui ou non.

Il frissonna et secoua la tête violemment. Il était aux prises avec son ours, qui lui ne voulait pas lui laisser le choix.

Il y avait tant de bonnes raisons de ne pas accepter, mais avoir l'opportunité de profiter du grand méchant ours pour un bref moment était plus important que tout le reste.

— Tu es sûr de vouloir de moi ? lui demanda doucement Lara.

Un grognement inhumain s'échappa de ses lèvres et elle fut transportée dans les airs. Lara était assise sur l'îlot de la cuisine et Alex écarta ses jambes pour se tenir contre elle. La bosse épaisse dans son pantalon s'aligna parfaitement avec la douceur douloureuse entre ses jambes.

D'accord. Mauvaise question.

— Tu as envie de moi physiquement, j'ai compris, mais es-tu certain que tu ne vas pas le regretter plus tard ?

Il posa ses mains sur l'îlot de part et d'autre d'elle. Alex baissa la tête et tous les muscles du haut de son corps se contractèrent. Lorsqu'il releva la tête, il était complètement humain. Ses yeux pleins de questions renvoyaient une grande intelligence.

La bête avait été maîtrisée et l'homme était prêt à lui donner une réponse.

— Tu es intelligente et sexy. Et tu es une putain de guerrière ninja. Si je dois passer la fièvre d'accouplement avec quelqu'un, il faut que ce soit avec quelqu'un capable de me botter le cul. Je ne vais pas te blesser, je le promets, mais je te fais confiance pour assurer mes arrières si l'ours pétait un plomb.

Ce furent les mots qui firent naître dans son cœur quelque chose qui n'aurait vraiment pas dû s'y trouver. De l'espoir.

Lara appuya les mains des deux côtés de son visage et se pencha en avant.

— Alors, je dis... *oui.*

11

Il avait encore le contrôle – son lui humain – mais son ours devenait plus fort. Alex n'était pas certain de savoir combien de temps il pourrait garder les rênes, mais sa première fois avec Lara ne pouvait se faire dans la précipitation.

Il n'y avait aucune raison pour que cela se passe mal. S'il se fiait à leurs interactions enflammées par le passé, il s'attendait à brûler beaucoup de calories et à prendre beaucoup de plaisir au cours des jours à venir.

Mais pour l'instant, sa compagne pour la semaine se montrait effrayée.

Non. Ce n'était pas de la peur dans son regard, c'était de la préoccupation. La voir hésiter suffit à calmer le jeu avec son ours.

Alex leva une main et caressa la joue de Lara du bout des doigts.

— Merci pour ton cadeau.

Elle écarquilla les yeux.

Il ne put s'en empêcher. Il rit doucement tout en faisant glisser sa main jusqu'à atteindre sa nuque.

— Oui, je suis capable de bien me tenir. Merci bien. Je tiens à respecter quelques règles : les dames d'abord.

Il se pencha plus près d'elle et l'odeur de Lara les enveloppa. Il en eut la chair de poule.

Hmmmm. Alex se déplaça jusqu'à frôler ses lèvres. Il baissa la voix pour poser la question ultime :

— D'ailleurs, est-ce que tu as joui ?

Sa respiration s'arrêta.

À en juger par l'afflux de sang dans ses joues, cela voulait dire non. Elle était timide au lit.

Ou dans la cuisine, en l'occurrence.

— Et si on reprenait ?

— Je n'ai aucune objection à cela, mais est-ce que tu peux me faire un topo en vitesse pour que je puisse savoir à quoi m'attendre ?

Elle passa ses doigts dans les cheveux d'Alex et le caressa presque jusqu'à le soumettre.

— Je n'ai jamais fait ça auparavant.

Il se figea. *Merde.*

La température dans ses joues augmenta encore de quelques degrés et elle s'empressa de s'expliquer :

— J'ai déjà eu des rapports sexuels. Ce que je veux dire, c'est que je n'ai jamais été avec...je ne sais pas ce que la fièvre d'accouplement implique.

C'était une question légitime.

— Ça veut dire que je vais te prendre tout un tas de fois. Violemment, en douceur, et de toutes les façons possibles. On ne fera pas que baiser. Je veux goûter ton corps et t'exciter à t'en faire te tortiller. J'ai hâte de te déshabiller et de t'explorer avec mes mains et ma bouche et ma queue jusqu'à te faire hurler mon nom. Et tes seins... Oh, oui, je prévois de passer beaucoup de temps avec eux. Les ours aiment jouer.

Elle se trémoussa légèrement à ses paroles, mais cacha cette réaction en penchant la tête, en proie à de grandes réflexions.

— Donc, il n'y a rien qu'il faut que j'évite ?

Une alarme se déclencha et le son rappela un crissement d'ongles sur un tableau noir.

Lara jura et glissa de ses bras pour traverser la pièce, récupérer son téléphone et appuyer sur le bouton. Chaque pas qui l'éloignait de lui donnait à Alex la sensation qu'on lui entaillait la peau avec la pointe d'un couteau.

Elle souleva son téléphone et le remua dans les airs.

— J'ai coupé l'alarme, mais j'ai une réservation pour un massage pile maintenant.

Une bouffée de colère inexplicable monta en lui. Alex se précipita d'un pas lourd à ses côtés et attrapa sa main libre dans les siennes.

— Personne ne te touche, à part moi.

— Voici donc la règle numéro un. Compris.

Aussi rapidement qu'elle avait surgi, sa colère se dissipa. Il leva leurs mains jointes entre eux.

— Je pense que nous devons rester près l'un de l'autre. Ton contact m'apaise.

— Et voici la deuxième règle. Mais qu'est-ce que ça veut dire, « *je pense* » ? Tu es déjà passé par là.

Il lui arracha le téléphone des mains et le posa sur la table d'appoint. Il resta constamment en contact avec elle, faisant glisser une main le long de son bras et de son épaule. Il posa la paume de sa main entre ses omoplates, puis il descendit plus bas.

— J'ai déjà eu la fièvre d'accouplement, c'est vrai, mais j'ai toujours évité d'avoir des compagnes potentielles à proximité. Cette fois, c'est différent.

Elle n'avait pas besoin de connaître le pacte qu'il avait

passé avec ses frères ni l'ultimatum lancé par son grand-père.

Il était temps d'arrêter de parler. Il mit fin à sa traque lente pour se tenir derrière elle. Leurs corps se touchaient presque. Il posa une main sur son ventre et celle-ci entra en contact avec l'étoffe en coton la plus douce qu'il n'eût jamais touchée. Puis, il se rapprocha et frôla la joue de Lara avec la sienne.

— On dirait bien que je te dois un massage.

Elle frissonna, mais s'appuya contre lui de plein gré. Elle posa sa tête contre son épaule pendant qu'il embrassait son cou.

— J'ai vu quelques flacons d'huile de massage supplémentaires sur le plan de la salle de bains.

Alex n'avait même pas fait un pas lorsqu'une sensation de déchirement le long de sa peau le fit frissonner. Au diable avec ça.

Il passa ses bras sous ses genoux et la prit dans ses bras. Alex traversa la suite gigantesque en la serrant fort contre lui.

— Jolie piaule, trésor.

— J'ai remporté un séjour et j'ai été surclassée gratuitement. Non, normalement, je ne peux me le permettre.

Elle le caressa de nouveau et passa les doigts entre ses cheveux courts, presque hypnotisée.

Il s'arrêta à côté d'une rangée de flacons remplis d'un liquide scintillant et attendit qu'elle s'en empare. Il n'avait pas songé au prix exorbitant du spa depuis qu'il était tombé sur le carton d'invitation. Une autre des informations qu'il lui cachait pour l'instant.

— Attrape une serviette.

Puis, il reprit son chemin et traversa l'imposante entrée en forme d'arc qui menait à la pièce d'à côté.

La chambre principale était une œuvre d'art. On y trouvait une autre cheminée, ainsi qu'une baie vitrée qui donnait sur la rivière. Un lit king size se tenait au centre, orné de draps bordeaux et d'assez de coussins pour une bataille épique.

Cela lui prit un moment pour organiser les choses à son goût. Son ours pensait qu'il avait perdu la tête. La bête ne comprenait pas pourquoi le « maître » ne passait pas aux choses sérieuses.

Lara était excitée, chaque partie de son corps brûlant sous son regard inquisiteur.

Alex s'assit sur le côté du lit, les genoux écartés, Lara debout en face de lui.

— Nous allons devoir nous débarrasser de ce pyjama, trésor. Nous allons choisir notre huile de massage préférée.

Il lui tendit deux des options « propres à la consommation », une dans chaque main, puis il en enleva le bouchon et les mit de côté.

Lara l'observa, amusée.

— Si tu fais un carnage, la facture de nettoyage sera pour ta pomme.

— Alors, ne fais pas de carnage, rétorqua-t-il. Il faudra que tu maintiennes ces flacons bien droits.

— C'est du gâteau... affirma-t-elle avec courage.

Ses paroles se transformèrent en gémissement lorsqu'il attrapa le haut de son pyjama et qu'il glissa ses mains en dessous.

Les mains appuyées contre son flanc, il survola lentement son buste. Il ralentit encore lorsque ses doigts rencontrèrent son dos. Plus il levait les bras, plus le tissu se repliait sur ses seins. Lara leva les bras sur le côté, la lèvre du bas tremblante. Du dos de la main, il caressa le renflement extérieur de ses seins et elle le maudit à voix basse.

— Un massage, c'est censé *détendre*, Borealis.

— Nous y viendrons.

Il avait le regard rivé sur la peau nue qu'il dévoilait en douceur, son ventre, son haut se soulevant un peu plus. Ses tétons pointaient et le bord inférieur du tissu s'y accrocha brièvement. Leur teinte rose foncé apparut.

Il accéléra et souleva le tissu en même temps que les bras de Lara. Même avec les bras tendus au-dessus de la tête, elle empêcha le liquide de se renverser. Il fit descendre l'étoffe le long de ses poignets et se débarrassa du haut.

Elle respira profondément. Alex Borealis avait vu sur ses seins magnifiques.

Les paumes d'Alex caressèrent la peau douce de ses avant-bras.

— Pas une goutte renversée, déclara-t-elle, la voix emplie de fierté.

— Super. Mais on a besoin d'en renverser un peu.

Alex changea l'angle de ses poignets et pencha les deux flacons pour que le contenu se déverse.

Elle cria de surprise lorsque l'huile s'étala sur le haut de ses bras et sur sa poitrine. Des filets de fluide épais s'étalaient sur ses clavicules.

Une ligne se dessina sur le haut de son sein et s'arrêta à l'extrémité de son mamelon, formant une goutte.

Sa propre œuvre d'art moderne, les bras écartés dans une perfection délicieusement stoïque

Alex retira les flacons de ses mains et les jeta sur le côté.

— C'est le moment de choisir mon parfum préféré.

Un doigt. Juste un. Avec lui, il traça le côté de son cou avec et descendit sur la partie saillante de sa clavicule. Il suivit le filet d'huile, de plus en plus bas... de plus en plus bas... jusqu'à pouvoir faire tournoyer le bout de ses doigts dans l'huile et appuyer la paume de sa main contre son sein.

Un grondement sourd envahit la pièce, ce qui fit sourire Alex.

Le son provenait de Lara. Les yeux fermés, elle pencha sa tête en arrière tandis qu'il la caressait. Il appuya ses bras sur son flanc et les survola de la paume des mains, étalant l'huile au passage.

Ce dont il avait envie, c'était que l'huile touche la moindre parcelle de son corps. Ses épaules luisaient et le creux de son cou scintillait à chaque battement de son cœur. Ses seins étaient doux et soyeux. Ses tétons, qui trahissaient un désir ardent, venaient se frotter contre la peau d'Alex.

Il recouvrit brièvement son ventre avant de déplacer ses mains dans son dos, les faisant remonter pour l'attirer encore plus près de lui.

— C'est le moment de la dégustation. Accroche-toi.

Une pression ferme entre ses omoplates la tira en avant et il referma ses lèvres autour de son mamelon.

12

*L*ara en eut le souffle coupé.

Ce qui n'avait été qu'un moment taquin, presque idiot, avait tourné à un érotisme presque irréel.

Mais le vif frisson de plaisir qu'elle ressentit lorsqu'il fit glisser ses dents contre son téton était bien réel.

Elle était là, avec lui, et ils allaient coucher ensemble. Elle ne savait pas si elle devait en rire ou en pleurer.

Alex baissa le pantalon de son pyjama et le jeta au sol, tout comme ses sous-vêtements. L'instant d'après, il la souleva. Son dos se cogna contre le matelas et les genoux de Lara atterrirent de chaque côté de ses épaules. La main d'Alex vint soutenir son ventre pour l'aider à garder l'équilibre, et ses yeux, avides de désir, ne la lâchaient pas.

— Je veux goûter. Je veux toucher.

Sa bouche rencontra ses hanches.

À ce stade, elle n'avait plus aucune chance de pouvoir utiliser son cerveau. Tout ce qui lui restait, c'était sa sensibilité. La langue d'Alex lécha son clitoris et s'enfonça aussi loin que possible. Il la dévorait à l'image d'un homme affamé, il était insatiable. Elle n'était pas assez stupide pour tenter de partir.

Pas avec cette tension qui bouillait en elle. Cette tension qui reléguait l'attente à l'arrière-plan et qui piégeait Lara dans un feu incroyable. Le frémissement évolua en une ébullition puissante qui l'ébranla. L'orgasme arriva, signant l'apothéose.

— Alex, oh, oui ! Elle voulait ressentir autant de plaisir que possible.

Alex passa à la vitesse supérieure. Elle venait peut-être de jouir, mais cela lui importait peu. Il lui offrit un second orgasme.

La pièce tourbillonna. Elle atterrit sur son dos et Alex la chevaucha en retirant rapidement ses vêtements. On voyait si clairement le désespoir qui s'affichait sur son visage qu'elle n'eut pas le cœur à le taquiner.

Il n'y avait aucune maladie sexuelle de laquelle se préoccuper lorsqu'on était métamorphe. Quant à l'autre problème...

Elle posa les mains sur les épaules d'Alex pour attirer son attention.

— Je prends la pilule.

— Dieu merci, murmura-t-il dans un souffle rapide. Désolé. C'est juste que je ne peux pas... Qu'il soit parvenu à deux reprises à contenir sa bête intérieure était déjà un petit miracle.

À en juger par la grimace de douleur sur son visage, sa dispute avec son ours lui faisait passer un sale moment.

Il était temps pour elle de prendre les choses en main.

Il ne s'y attendait pas. C'était bien là la seule raison pour laquelle elle était parvenue à se déplacer malgré le poids d'Alex au-dessus d'elle. La souplesse du matelas y joua également pour beaucoup. Lara se mit à genoux et se baissa pour s'emparer de sa verge.

Elle le caressa. Une fois. Puis elle recommença. Les yeux d'Alex se révulsèrent et sa mâchoire s'en détacha presque.

— Tout va bien, chéri, se moqua-t-elle gentiment. Tu pourras tout me montrer de tes mouvements de grand méchant ours plus tard. Pour l'instant, ce dont j'ai envie, c'est de ça.

Elle fit rentrer le large bout de sa queue entre ses lèvres et glissa sur lui. Chaque centimètre pénétra lentement dans son corps et la remplit.

La pièce fut plongée dans le silence le plus total.

Lara avait fermé les yeux, et elle semblait même avoir oublié de respirer. Sa tête était si légère. Le manque d'oxygène était la seule explication.

Elle se força à ouvrir les yeux et se pencha en avant pour appuyer sur le buste d'Alex. Son visage était détendu et il arborait un sourire complaisant.

— Eh bien dis donc, il y en a un qui a l'air content de soi, s'en amusa-t-elle.

Le regard d'Alex, sombre, profond et fou de désir, croisa le sien. Il fit courir ses mains le long de ses cuisses pour attraper ses hanches.

— Il y a de quoi. Je suis l'ours qui a réussi à dévorer le grand méchant loup. Je vais recommencer plus tard. Pour l'instant, c'est plutôt génial.

Lara traça des cercles dans les poils sombres de son torse et déplaça légèrement ses hanches. Juste assez pour apprécier sa verge épaisse en elle.

— Tu as l'air beaucoup plus calme. Peut-être que nous devrions rester comme ça tout le reste de la semaine.

Son expression s'assombrit.

— Tu parles !

Elle n'avait pas voulu lui lancer de défi, mais il l'avait pris comme ça.

Il se releva vers elle. L'huile sur la peau de Lara la colla contre lui alors qu'il glissait lentement d'avant en arrière, les mains posées sur ses hanches pour les faire tourner légèrement.

Un massage personnel des plus intimes.

Il mordit sa lèvre inférieure.

— Désolé de ne pas sortir le grand jeu. Peut-être que l'on peut faire ça de façon expéditive cette fois-ci. Je promets de me racheter les douze prochaines fois.

Douze fois...

Ah, cet ours sexy... Quel idiot ! Il ne pensait pas que deux orgasmes suffisaient à faire son bonheur ?

Son âme se remplissait de joie entre ses bras, sous le regard qu'il posait sur elle. Ce regard qui lui donnait envie d'y planter les crocs et de ne jamais le relâcher... ce n'était pas encore le moment.

Le contact de leurs peaux apaisait cependant la douleur qu'elle avait dû supporter depuis six mois. Et lorsqu'il l'embrassa tout le long de la mâchoire, jusqu'au point sensible derrière son oreille, Lara s'abandonna tout entière.

C'était un mensonge, ce n'était pas réel, mais c'était suffisamment agréable pour soulager la douleur pour l'instant.

Là, les dents d'Alex vinrent râper son cou. Son loup se manifesta.

Par réflexe, Lara raffermit sa prise sur les cheveux d'Alex et tira sa tête en arrière. Elle n'en avait aucune envie, mais elle devait s'assurer que ceci soit bien clair.

Elle le regarda droit dans les yeux :

— J'aime les dents, je ne vais pas te mentir. Ne mords pas mon cou.

Son ours la dévisagea en retour. Il médita et analysa ses mots.

Ses yeux s'écarquillèrent.

— Un truc de loup.

C'était plutôt astucieux. Elle se rapprocha de lui pour éviter qu'il ne voie son expression et l'embrassa sur le coin de la bouche.

— On ne mord pas, répéta-t-elle. Maintenant, baise-moi.

On aurait dit qu'elle venait d'ouvrir les vannes. Leurs langues se mêlèrent. Il prit le contrôle de ses hanches et la souleva légèrement avant de la faire redescendre. Plus vite, plus fort.

Les doigts d'Alex marquaient si profondément dans sa peau qu'ils laisseraient des bleus, mais elle n'en avait rien à faire. Bordel, elle en avait même envie. Elle avait envie de tout. De la température qui grimpait entre eux. De la pression grandissante en elle. Du rythme trépidant, de l'attaque effrénée contre tous ses sens.

Alex avait les mains libres, ce qui lui laissait tout le plaisir de la toucher, de prendre un téton dans sa bouche, puis l'autre. Il les suçait et les léchait avec une telle délectation... il était ravi qu'elle soit son amante.

Son pouce trouva son clitoris et une autre vague de plaisir la submergea. Un cri échappa à Alex quand leurs sexes s'unirent.

Il la prit entre ses bras et l'attira contre lui pour enfouir son visage dans son cou et le sucer sans retenue, afin de la marquer de ses instincts primaires.

Toute cette chaleur...

C'était presque parfait.

Alex s'allongea en douceur sur le matelas. Il passa ses

mains dans la chevelure de Lara. Leurs cœurs battaient la chamade et leurs poitrines se soulevaient, ils étaient à bout de souffle.

Lara resta allongée là, à profiter de chaque seconde. C'était délicieux, et elle prendrait tout ce qu'il aurait à lui offrir.

Elle appuya ses lèvres contre son torse et l'embrassa et scruta son visage. Il fixait le plafond, une main caressant toujours ses cheveux distraitement.

— Alors ? demanda Lara en haussant un sourcil. Qu'as-tu pensé de cette expérience culinaire ?

Alex sourit.

— Ce n'était pas mal, en guise d'entrée. Quand on en sera au plat principal dans une heure ou deux, je pense que j'aurai trouvé le rythme.

Il délirait. Elle était sur le point de faire un commentaire sur ses rêves un peu trop ambitieux lorsqu'elle se rendit compte que sa queue était toujours en elle. Ce n'était pas tout, elle grandissait de nouveau.

Le sourire d'Alex s'agrandit. Il remua ses hanches et éclata de rire lorsque Lara s'exclama.

Il prit son visage entre ses mains et l'embrassa, avec délicatesse cette fois.

— N'oublie pas. Je t'ai posé la question, et tu as dit oui.

Trois heures plus tard, Lara dut demander sa clémence. Il l'avait prise une demi-douzaine de fois. Entre-temps, il lui avait offert un massage, y compris aux pieds, et il lui avait donné un nombre incalculable d'orgasmes.

— Es-tu en train d'essayer de me baiser jusqu'à la mort ?

Alex se laissa tomber sur le matelas à côté d'elle et enroula ses jambes entre les siennes. Son front était couvert de sueur et ses paupières étaient à moitié closes. Il la fixa avec contentement.

— On fait une pause ? Je mangerais bien une pizza... ou cinq.

Leurs deux estomacs grondèrent à l'unisson.

Lara rit et souffla sur une mèche de cheveux qui lui barrait le visage. Elle n'avait plus la force de la retirer avec ses doigts.

— Ils ont un restaurant étoilé au Michelin et toi tu veux manger de la pizza ?

— Oh, je vais savourer tous leurs plats typiques, en plus d'une bonne pizza. Une pepperoni, ça te va ?

— Végétarienne, répondit-elle.

Cela suffit à le faire grimacer.

— Je rigole. Je suis un loup, tu as oublié ? On aime la viande. Voyons voir s'ils peuvent faire une spéciale lapin.

Tu te souviens de ça ? La personne qui a eu l'idée de l'article pour cacher les garnitures spéciales métamorphes de la pizzeria du coin était un vrai génie.

Lara se força à s'asseoir et caressa son torse avec sa main, juste comme ça.

— Merci, j'étais plutôt inspirée ce jour-là.

— Sérieux, c'était toi ?

— Il fallait bien que je fasse quelque chose. C'était quelqu'un de notre foutue meute Orion qui a persuadé le gérant d'ajouter des côtelettes de lapin au piment avec un supplément fromage au menu. La sécurité, ce n'est pas simplement s'assurer que les gens ne se trouvent pas là où ils ne devraient pas être. Ça veut aussi dire sauver la face lorsque c'est nécessaire.

Il tira la tronche.

— Je ne pense pas que j'aurais eu la présence d'esprit de penser à ça. C'est mon frère qui s'occupe de ce genre de trucs. Bravo à toi.

Ils grimpèrent un peu plus sur le lit et s'appuyèrent

contre les oreillers pour étudier le menu du service d'étage. Ils commandèrent une quantité impressionnante de nourriture avant de filer sous la douche.

Lara retira les mains d'Alex une bonne douzaine de fois avant d'abandonner. Elle lui échappa seulement lorsque la sonnerie de la porte retentit.

Alex la fixait encore, l'air affamé, lorsqu'elle noua son peignoir et qu'elle se dirigea vers la porte pour ouvrir à la serveuse.

Son badge indiquait qu'elle s'appelait Chantelle. Sa chevelure épaisse, faite de boucles serrées, rebondissait au rythme de ses pas. Elle poussait un chariot rempli de nourriture.

— J'espère que tout sera à votre goût.

Chantelle regarda autour d'elle avant de tirer une enveloppe de sa poche et de la tendre à Lara. L'employée parla à voix basse :

— C'est pour vous. Lisez-la en privé.

Elle quitta la pièce sans rien dire de plus. Lara, horrifiée, fixa l'enveloppe dans sa main.

Elle pensait avoir pensé à tout, et ce séjour au spa se déroulait pour le mieux. Pourtant, elle tenait entre les mains une enveloppe qui lui avait été envoyée depuis le bureau de la meute, et la femme qui venait de quitter la pièce avait l'odeur de sa sœur. Chantelle avait certainement été dans la maison de la meute récemment.

Quelque chose n'allait pas, et Lara ignorait ce qu'elle pourrait faire. Du moins pas sans qu'Alex découvre certains secrets.

13

Alex avait déjà vécu la fièvre d'accouplement plusieurs années, mais comme il l'avait confié à Lara, c'était la première fois qu'il la vivait activement. Ce dont il se souvenait des fois où il avait évité la fièvre dans le passé, c'était qu'il s'était transformé, et son ours n'était pas très doué pour se remémorer les détails.

Cette année était complètement différente. Non seulement, il avait une compagne disposée, et même partante pour jouer avec lui, mais en plus, son côté humain était somme toute en mesure de garder le contrôle.

Cela était absurde. C'était bien le problème d'être à la fois un homme et un animal. Ils étaient la même personne, mais parfois, son ours avait un sens de l'humour tout à fait différent, entre autres.

Cela faisait trente-six heures que leur séjour au spa avait commencé et ils n'avaient pas quitté la suite une seule fois. Le premier jour, Alex avait même eu du mal à rester à plus de quelques centimètres de Lara. S'il n'était pas en train de la pénétrer, il la touchait autant que son corps le lui permettait.

Lorsqu'on leur avait apporté à manger, il lui avait été difficile de ne pas la toucher, à tel point que Lara avait fini par prendre la décision exécutive de les enfermer dans la chambre pendant que les serveurs faisaient défiler de la nourriture en abondance dans le salon.

Lara s'assit à côté de lui, les jambes entrelacées avec les siennes, et se pencha vers la table basse pour se servir une nouvelle ration de pop-corn. Le peignoir trop grand qu'elle avait insisté pour porter, malgré l'insistance d'Alex pour qu'elle reste en tenue d'Eve, s'ouvrit lorsqu'elle s'installa de nouveau confortablement dans le canapé luxueux.

— Tu es ingérable, se moqua-t-elle en désignant la table d'une main. Enfin, même si les calories ne sont pas de refus, cinq variétés de chips différentes, c'est quand même beaucoup, non ?

Elle a dit qu'elle aimait ça, insista son ours.

Je te crois, le rassure-t-il.

Eh oui, un ours aux commandes ça impliquait des trucs bizarres au menu.

Alex réinstalla Lara sur le canapé à ses côtés et posa ses pieds sur le siège, laissant ses genoux surélevés.

— On va pouvoir s'amuser. Ne bouge pas.

Il prit une poignée de chips dans chaque bol et les disposa sur le corps de Lara. De minuscules tours de délices croustillants apparurent sur ses genoux et ses épaules.

Lorsqu'il se pencha pour construire un petit inukshuk sur chacun de ses seins, Lara rit doucement.

— Espèce d'idiot.

— Pas de tremblements de terre autorisés, trésor. Reste parfaitement immobile.

Elle attendit sans bouger qu'il finisse sa tâche, un sourire sincère et éclatant sur les lèvres.

— J'ignorais que tu possédais un tel sens de l'humour.

Alex l'observa supporter gentiment ses bizarreries inexplicables. Il fut soudain secoué par la véracité de son commentaire.

— Les ours aiment jouer, mais je n'en ai pas eu l'occasion dernièrement.

L'expression de Lara s'adoucit.

— Ce n'est pas facile quand on bosse dans la sécurité. On dirait que tout le monde s'attend à ce que l'on soit coriace et prêt à agir à chaque instant. Je vois ce que tu veux dire. Mon loup aime jouer aussi.

Alex fit courir un doigt sur le devant de sa jambe et son peignoir s'ouvrit davantage pour offrir ses jambes à ses mains baladeuses et à son regard à la dérive. En la touchant, il parlait, et il se demandait bien pourquoi sa langue se déliait. Il avait le sentiment qu'être dévêtus mettait leurs mots à nu.

Il était plus honnête et naturel que jamais.

— Mes frères sont plus doués que moi pour ça, laisser leur côté animal s'amuser. En tout cas, James l'est. Cooper peut vouloir faire les choses à la perfection, mais ça lui arrive d'envoyer valser les règles.

La louve aurait très bien pu se trouver dans un jardin zen, et pas couverte de miettes de chips au barbecue et de quartiers de pommes de terre. Cela n'entamait pas sa sérénité.

Lara parla avec précaution :

— D'après ce que je sais au sujet de ta famille, tu as de quoi t'estimer heureux. Si le fait de ne pas avoir de moments de détente doit changer, je suis certaine qu'ils t'écouteront. Ils t'aideraient à trouver une solution pour que tu puisses rester le génie de la sécurité que tu es, tout en faisant en sorte de trouver du temps pour les parties de toi ayant besoin de repos.

Alex la regarda de près. Il avait beau avoir eu des soupçons à son sujet seulement quelques jours plus tôt, son instinct lui indiquait que ce moment de partage était bel et bien sincère. Elle cherchait vraiment à lui rendre la vie plus simple.

— C'est bizarre, n'est-ce pas ? Nous deux en train de jouer cartes sur table ?

Elle soutint son regard.

— Tu rigoles ? Si tu trouves ça normal de décorer mon corps avec des chips, alors, nos discussions au sujet de nos sentiments sont tout ce qu'il y a de plus normal.

— Des décorations corporelles succulentes. Laisse-moi vérifier ça.

Il parvint à picorer une pile de son genou avant d'être distrait. Lorsqu'ils eurent fini, le canapé était couvert de chips écrasées et de deux corps assouvis.

C'était leur routine. Le sexe, la nourriture et leurs discussions. Le sexe battait tous les records, la nourriture était fantastique, mais dès le deuxième soir, Alex commença à avoir hâte des intermèdes durant lesquels ils finissaient par parler de tout et de rien.

Son ours était légèrement exaspéré, mais il gardait néanmoins un comportement exemplaire. Il interrompait presque poliment la conversation lorsqu'il était temps de passer à un nouveau round de sexe intense.

Lara était en train de raconter ce que ça faisait d'être la benjamine de cinq filles lorsque l'on vint cogner à la porte de la suite.

Elle se crispa et tout signe de bonheur et de détente sembla quitter son corps.

Alex se prépara.

— Qu'est-ce qui ne va pas ?

— Rien du tout, répondit-elle, trahie par son regard qui

se dirigea vers la porte et par ses épaules qui se crispèrent, prêtes à faire face à une attaque.

Les signaux d'alarme d'Alex se déclenchèrent et il se précipita vers la porte. Il jeta un regard à travers le judas et ouvrit la porte en grand. Il se retrouva face à un serveur étonné qui fit un pas en arrière en faisant tenir en équilibre précaire un bol immense entre ses mains.

— Quoi ? demanda Alex.

Le visage de l'homme était livide, et il tendit les mains en avant comme s'il faisait une offrande.

— Livraison pour mademoiselle Lazuli.

Alex s'empara du récipient. Il regarda l'homme détaler comme si les flammes de l'enfer étaient à ses trousses.

Bizarre.

Il se retourna et apporta le récipient à Lara.

— Tu as commandé quelque chose ?

Elle fronça les sourcils et tira une carte sur le dessus du récipient. Elle l'ouvrit et il lut le message par-dessus son épaule.

Quelques douceurs pour ma douce.

Elle décolla le bord du couvercle et une odeur de myrtilles s'en dégagea. Cela n'avait absolument rien à voir avec l'objet dangereux auquel Alex s'attendait.

Alex se força à adopter un ton normal et essaya de faire preuve de légèreté :

— J'espère que tu as prévu de partager.

— Bien sûr. Sers-toi, lui répondit-elle en lui tendant le bol.

La tension ne quitta pourtant pas ses épaules. Son sourire n'était pas sincère.

Elle prit une grosse myrtille et la pressa contre ses lèvres. Une chose menant à une autre, la situation étrange quitta ses pensées et la fièvre d'accouplement reprit le dessus.

Le lundi matin arriva. Alex était allongé sur le plaid devant la cheminée et Lara était étendue sur son dos. Elle traçait des formes sur ses omoplates. Alex était bien incapable de se rappeler la dernière fois où il avait été si détendu.

— Ce n'est pas fini, la prévint-il. Je sais que c'est le check-out aujourd'hui, mais la fièvre n'est pas encore passée. On va devoir voir comment gérer ça.

Elle inspira profondément et expira lentement. Alex sentit son souffle sur son dos, sa joue qui était appuyée contre son épaule.

— Je peux retarder d'un jour mon retour à la maison de la meute, mais après ça, ça risque d'être compliqué.

Il se retourna et la rattrapa lorsqu'elle tomba. Alex la fit grimper sur ses genoux.

Alex fixa intensément son visage et fut horrifié de lire de la peur dans son regard.

—Si être avec moi te cause des ennuis avec ta meute, je ferai ce qu'il faut pour calmer le jeu.

— Ce n'est pas ça, s'empressa-t-elle de préciser. Ils ne peuvent pas choisir à ma place...

Ses mots s'évanouirent et déclenchèrent toutes les sonnettes d'alarme dans la tête d'Alex.

— Lara. Dis-moi ce qui se passe, putain ! Tu as ri, tu m'as taquiné et tu as tout partagé avec moi ces trois derniers jours. Ce n'était pas que du sexe. Non, c'était bien plus que ça. Je vois bien que ton retour à la maison de la meute te préoccupe.

Lara se fit encore plus secrète, à en croire son expression.

Alex fut d'un coup certain de savoir ce qui se passait.

— Oh, bordel. Ta meute prépare quelque chose. Qu'est-ce qu'ils préparent, Lara ? Dans quoi sont-ils impliqués et que tu ne peux me confier ?

— Préparer quelque chose ? De quoi est-ce que tu parles ? Oh, *merde...* hésita-t-elle.

Putain. Il baissa le ton et parla aussi sincèrement que possible.

— Au risque de faire remonter des souvenirs dangereux, je t'ai déjà dit que les amis étaient prêts à s'entraider. À cette époque, j'essayais de te manipuler, mais je le pense sincèrement, désormais. Lara, je te considère comme une amie. Tu peux me dire ce qui ne va pas, et je t'aiderai.

Sa chère louve était si décidée et courageuse.

Elle le regarda droit dans les yeux :

— Tu veux la vérité ? Oui, je soupçonne ma meute de préparer un sale coup, mais ce n'est pas ce qui me gêne pour l'instant. La raison pour laquelle je ne veux pas rentrer, c'est que ma sœur m'a gentiment fait parvenir un mot, car elle pense qu'il est temps que je me trouve un compagnon. Vu que ça n'a pas collé avec qui que ce soit de la meute du coin, elle a invité une demi-douzaine de compagnons potentiels à venir me rendre visite. Dès que je rentrerai, une horde de loups avides de pouvoir rôdera autour de moi dans l'attente de ma réponse.

Alex avait vraiment envie de répondre à Lara, mais il devait pour l'instant s'assurer de contrôler son animal furieux.

Elle ne nous quitte pas, exigea son ours. *Elle est à nous.*

Je sais. On n'a pas fini de jouer. Calme-toi et laisse-moi lui parler.

Le loup est à moi, hurla son ours.

Son ours tentait de parcourir la pièce de long en large pour tout saccager et Alex s'évertuait à le calmer.

Il était dangereux et redoutable. Une grande part de lui ne se souciait pas le moins du monde des blessés tant que Lara restait en sécurité près de lui.

Une prise ferme sur son oreille le poussa à s'arrêter. Lara se retrouva soudain devant lui, ses beaux yeux aux reflets ambre le dévisageant d'un air impétueux.

— Tu arrêtes ça tout de suite, ordonna-t-elle avec autorité.

Les crocs et les griffes surprirent son ours. Lara qui dictait sa loi lui fit le même effet qu'une paire de menottes accompagnée d'un cocktail aphrodisiaque.

Lorsqu'il revint à lui, il était assis au beau milieu de la cuisine et devait faire avec une terrible érection. Lara était à cheval sur ses hanches, une main empoignant le devant de sa chemise, alors que l'autre passait dans ses cheveux encore et encore, pour apaiser la bête d'Alex qui ronronnait désormais comme un chaton.

— Je pense que je suis de retour, l'informa-t-il.

Il choisit d'ignorer son érection douloureuse et pressa rapidement ses lèvres contre les siennes.

— Merci, ajouta-t-il.

— Règle numéro trois. Ne pas mentionner de potentiels rivaux sans un avertissement au préalable. Tu peux me croire, Alex, fréquenter n'importe lequel de ces loups en visite ne m'intéresse pas le moins du monde. En fait, cela importe peu. Nous devons discuter pour voir comment je vais pouvoir t'aider à venir à bout de la fièvre d'accouplement.

Au point où ils en étaient, ses problèmes étaient aussi les siens.

— C'est tout simple. Je pense que nous aurons besoin d'au moins quatre jours de plus pour que la fièvre passe complètement. Si tu as besoin de rentrer chez toi, alors, je viens avec toi.

Elle en resta bouche bée.

— J'habite à la maison de la meute.

Il lui fit un grand sourire.

— Alors, l'ours que je suis va emménager chez les loups.

14

─────────

*L*es quinze dernières minutes avaient été parmi les plus étranges de toute sa vie. Peut-être rêvait-elle. Cela aurait pu expliquer les propos étranges d'Alex.

— Tu veux emménager dans la maison de la meute Orion, répéta-t-elle.

Le regard d'Alex passa sur son visage puis sur son buste. Ses doigts se posèrent sur l'avant de son peignoir pour défaire lentement le nœud qu'elle avait noué en vitesse lorsqu'elle avait dû user de ses talents de guerrière ninja pour contrer son ours.

— Ouais. La maison de la meute est réservée aux adultes, non ?

Elle acquiesça sans réfléchir.

— Parfait. J'espère que les chambres sont bien insonorisées.

Elle pouffa de rire avant de se couvrir la bouche.

— Peut-être qu'il faudra que je demande à changer de chambre. On peut utiliser la suite réservée aux invités à côté de la salle commune.

Ce n'était pas que l'insonorisation y soit meilleure, mais si elle voulait inciter les loups en visite à la laisser en paix, les bruits venant de la pièce constitueraient un bon indicateur pour ses invités.

Alex effleura sa poitrine, à la naissance de ses seins, et suivit sa propre main sans cesser de parler.

— Sérieusement, je le pense vraiment. Je crois qu'on a besoin de coopérer. Je vais t'aider à garder les loups à distance et l'on pourra mettre au jour le mauvais coup que ta meute prépare et que l'on voit venir. Je ne me trompe pas, n'est-ce pas ?

Lara gambergea avant de l'admettre.

— Non, tu as raison, mais je veux que tu me promettes de m'en parler d'abord, si tu trouves quoi que ce soit de louche. Je n'ai pas envie que la meute agisse de façon ignoble. Tu ne dois pas passer à l'attaque directement.

Il hocha la tête.

— Ta sœur ne fomente sûrement rien de terrible. On va coopérer et découvrir ce qui se passe.

Elle appuya son front contre le sien.

— Merci. Je te remercie aussi de m'aider à m'occuper de ces invités indésirables.

Il eut l'air ennuyé.

— Tu peux me croire, je sais combien cela peut être frustrant lorsque quelqu'un te donne des ordres.

En son for intérieur, le loup de Lara la bouscula et s'agita sous le coup de l'inquiétude.

Et s'il y avait quelqu'un d'autre avec qui il était censé être ? Quelqu'un d'autre que nous.

Lara tranquillisa sa bête du mieux qu'elle put et se dépêcha de trouver des mots à mettre sur ses inquiétudes :

— Il y a quelqu'un qui t'a demandé de te caser ?

Il posa les mains sur ses hanches et fit la moue.

— Je t'ai dit que c'était ma première fièvre d'accouplement officielle. J'avais également prévu de l'éviter cette année, mais avec les manipulations de mon grand-père, moi et mes frères, nous avons tous décidé de laisser la nature suivre son cours.

Il leva la main et posa un doigt sur ses lèvres :

— Ne t'inquiète pas, tu ne vas pas te retrouver coincée avec moi. C'est un truc super dont on s'est rendu compte grâce à la relation de James et Kaylee. Oui, mon ours t'aime bien, mais nous n'avons pas à nous inquiéter de nous retrouver accouplés si nos côtés humains ne décident pas de s'engager à cent pour cent dans une relation.

Lara remuait ses méninges. C'était une confirmation de ce que Kaylee lui avait confié. S'apercevoir qu'Alex l'avait délibérément cherchée pour coucher avec elle, tout en sachant pertinemment que le résultat ne serait pas permanent...

La lueur d'espoir apparue au cours de ces derniers jours s'éteignit d'un coup.

De toute façon, cela avait été un rêve idiot.

Alex avait été honnête et l'avait prévenue dès le départ. Il lui avait dit que ce n'était l'affaire que d'une fois et elle l'avait accepté. Les choses *avaient* changé entre eux. Ils n'étaient plus adversaires, ils travaillaient de pair.

À l'intérieur, son loup eut le cœur brisé.

Pas assez. Amis, ce n'est pas assez. Je veux mon compagnon.

Je sais, bébé. Je sais.

Lara se ressaisit, parce que c'était ce qu'elle faisait toujours. Elle se réjouirait de la relation qu'ils avaient construite. Elle accepterait la chance qu'elle aurait d'être avec lui ces jours à venir.

Elle parcourut la courte barbe d'Alex et se concentra sur ce qui la travaillait.

— Si vous prévoyez d'étriper votre grand-père à un moment ou un autre, je suis prête à vous aider.

Il explosa de rire et le son résonna dans la suite de luxe.

— C'est un enfoiré, mais on n'a pas envie de le perdre. C'est difficile de détester ce vieux bouc alors qu'il peut être charmant.

— Je dis juste ça comme ça. Si vous décidez de vous venger, tu peux compter sur moi.

Alex frotta son nez contre le sien et son sourire égaya l'ambiance.

— Tu es une diablesse sanguinaire. Ça me plaît. Je te promets que nous allons coopérer. Pour l'instant, vis-à-vis de ta meute, et un peu plus tard, histoire de faire passer un sale quart d'heure à mon grand-père.

Il l'attrapa par le poignet et fit descendre lentement sa main vers le bas de son corps. La main de Lara glissa sur ses abdominaux solides et descendit encore plus bas.

— Je te promets que rien de ce que je fais n'est jamais *prématuré*.

— Le protocole voudrait que l'on se serre la main pour conclure notre marché.

Alex l'encouragea en serrant ses doigts.

— Laisse-moi te donner un coup de main.

Quatre heures plus tard, leur initiative de coopération rencontra un obstacle.

Après avoir quitté l'hôtel, ils étaient chacun montés dans leur propre véhicule pour le retour à Yellowknife. Lara avait suivi Alex à son appartement et ils avaient fait une pause pour s'occuper de la fièvre d'accouplement qui s'était embrasée pendant le court laps de temps où ils avaient été séparés. Alex lui avait sauté dessus dès qu'ils eurent passé la porte. La séance endiablée avait renversé les meubles de son salon, un tapis s'était retrouvé entassé sous la table de la salle à manger, et la poitrine nue et en sueur de Lara s'était imprimée sur la vitre du salon.

Alex et la fièvre d'accouplement ne rataient aucune opportunité. Lara était impressionnée.

Ils s'étaient ensuite transformés tous les deux pour partir à l'aventure quelques heures. Son loup avait été ravi de se déplacer avec aisance sur le territoire d'Alex. Sous sa forme d'ours imposante, il fut détendu pendant qu'ils se promenaient le long de la rivière, étendus sous le soleil de l'après-midi. Elle s'était blottie contre lui et avait appuyé son menton sur ses pattes. Le souffle chaud d'Alex avait été une douce caresse.

Il avait fait preuve d'une telle délicatesse en essayant de l'attraper pour s'amuser lorsqu'elle dansait autour de lui, bien trop agile.

Ce moment ensemble sous forme de loup et d'ours avait été merveilleux, et lui avait fait presque oublier la douleur dans son cœur.

Entre le sexe et le temps passé sous leur forme animale, Lara avait espéré que cela suffirait à refréner les envies de l'ours.

Toutefois, quand elle le rejoignit sur le trottoir qui menait à l'entrée principale, elle comprit que l'ours se réveillait.

La foule qui s'était rassemblée sur le perron de la maison n'aida pas. Des visages inconnus pour la plupart.

Lara enlaça ses doigts avec les siens et tira sur sa main pour stopper son élan.

— Comment tu vas ? demanda-t-elle doucement.

— Fantastiquement bien, répondit-il en bougonnant.

La maison de la meute métamorphe était excentrée de la ville, afin de la préserver des regards des humains. Encore heureux !

Alex avait déjà retiré sa chemise et était en train de faire glisser son pantalon et son caleçon sur ses hanches minces. Il la gratifia d'un clin d'œil.

Un instant plus tard, un ours polaire de grande stature était assis sur le trottoir à côté d'elle, un grand sourire sur le museau, la tête penchée à l'image d'un chiot innocent.

Lara lâcha un soupir patient et ramassa ses habits.

— Pas de bain de sang, lui rappela-t-elle.

Puis, elle se pencha vers le bas et frotta son nez contre le sien.

— Tu en jettes. Est-ce que je t'ai déjà dit que les ours polaires sont bien plus mignons que je n'aurais cru ?

Il plissa les yeux et ses oreilles se tournèrent vers l'avant.

Elle sourit et ébouriffa la fourrure sur sa tête puis gratta doucement son oreille.

— Je pense que nous avons perdu une partie de notre audience.

Alex se balança vers l'avant et lui donna un coup de tête dans le ventre, délicatement, mais avec assez de force pour la déséquilibrer un peu. Elle rit et se retourna vers le perron. La moitié des invités indésirables avait disparu.

La mauvaise nouvelle, c'était que sa sœur se tenait désormais au premier rang.

Crystal avait les bras croisés sur la poitrine, l'air peu accueillant.

— Qu'est-ce que tu fiches ?

Lara s'arrêta au pied des marches, en état d'alerte. Alex

débola derrière elle, une patte de chaque côté de ses jambes en signe de protection.

Elle comprit le message : il assurait ses arrières.

Lara releva le menton et croisa le regard dur de sa sœur.

— Tu m'as ordonné de revenir à la maison de la meute, alors me voici. Malheureusement, j'étais en plein milieu d'une activité que je ne peux pas annuler.

Crystal leva les yeux au ciel.

— Je t'en prie. Tu le baises, je peux le sentir d'ici. Fais ça pendant ton temps libre, ailleurs.

— Impossible. La fièvre d'accouplement.

— Arrête de déconner. Il n'est pas accouplé avec toi. Je le vois bien.

Une douleur fulgurante terrassa Lara. C'était la vérité, ils étaient peut-être destinés à être compagnons, mais ils n'étaient pas accouplés.

Lara usa de sarcasme :

— Non. À cause de ce que tu m'as dit, « fais-toi des amis et influence les gens », Alex et moi *sommes* dans une relation. C'est un truc d'ours. Ce ne sont pas nos habitudes, et ça ne rime peut-être à rien pour toi, mais c'est quelque chose que nous devons respecter.

À ces mots, Crystal entra telle une furie dans la maison de la meute, laissant la porte ouverte dans son dos. Elle cria par-dessus son épaule :

— S'il casse quoi que ce soit, il le paie !

Lara fit un pas en avant et croisa le regard de chacun des loups appelés par sa sœur. Seuls deux d'entre eux parvinrent à soutenir son regard.

Celui qui avait osé faire un pas en avant dégringola du perron. Alex, apparemment par accident, s'était heurté à ses cuisses, ce qui l'avait envoyé valser.

Lara rit. Elle posa une main sur l'épaule poilue d'Alex et

le mena dans la maison de la meute. C'était l'accueil le plus étrange de tous les temps, mais il lui plaisait bien.

Quand elle se retrouverait seule avec Alex dans ses quartiers, elle aurait besoin d'amadouer son ours pour qu'il reprenne sa forme humaine.

Elle se pencha près de lui et lui murmura à l'oreille :

— Est-ce que je t'ai déjà dit combien ça m'excite quand tu grognes ?

Elle aurait dû attendre. Une seconde plus tard, un Alex excité et nu comme un ver la chassait à travers la maison de la meute.

— Tu as trente secondes pour trouver un endroit privé.

Lara se mit à courir, Alex à ses trousses. Elle arriva dans sa chambre en dix-sept secondes, referma la porte derrière lui alors que le compte en était à vingt-quatre. Elle avait retiré ses vêtements quand ils arrivèrent à vingt-neuf secondes.

Défi relevé.

— L'ouïe des loups est très développée, n'est-ce pas ?

Oh merde. Elle pinça les lèvres et son rythme cardiaque s'accéléra face à l'expression de son comparse.

Le sourire d'Alex s'agrandit.

— Quand j'aurai terminé ce soir, je te ferai hurler mon nom tellement de fois que tout le monde dans la maison de la meute Orion sera soit à la recherche de boules Quiès, soit en train de chercher la quiétude dans un motel.

C'est ce qu'il fit.

Et ce qu'elle fit.

Ce que les autres avaient fait aussi.

15

Les quatre jours qui suivirent baignaient dans une espèce de brouillard.

Alex avait des souvenirs vifs, surtout en ce qui concernait le sexe de dingue et les conversations incessantes entre lui et Lara. Mais entre ces moments forts, de nombreuses choses ne semblaient pas réelles.

Par exemple, la façon dont son ours refusait de coopérer et de bien se tenir dans la maison de la meute. Depuis qu'il était tout petit, on avait enseigné à Alex que se transformer était naturel et que se dénuder avant une transformation était acceptable, mais qu'on ne pouvait l'afficher.

En revanche, plus d'une fois, il se retrouva à arpenter la maison de la meute les fesses à l'air, s'arrêtant en entendant des bribes de conversations.

Ce n'était pas sa faute si les ours polaires faisaient quelques tailles de plus qu'un loup lambda, que ce soit sous forme animale ou humaine ! Après quelques-unes de ces visites inopinées, le nombre de loups invités pour courtiser Lara avait diminué.

Il fusilla du regard les loups les plus ennuyeux se

trouvant au rez-de-chaussée jusqu'à ce que Crystal le reconduise derechef dans l'appartement de Lara.

Alex s'empressa d'y entrer d'un pas nonchalant et frotta sa grosse tête contre la jambe nue de Lara. Celle-ci dépassait des couvertures sous lesquelles elle s'était effondrée à plat ventre après leur dernière séance. Il l'avait épuisée.

À cette pensée, il fut empli d'une satisfaction béate.

Il rampa sur le matelas à côté d'elle.

— Alex ?

— Garde ton animal de compagnie sous contrôle, gronda Crystal depuis l'endroit où elle se tenait près de la porte.

Lara se retourna pour faire face à sa sœur et cligna des yeux, encore endormie.

— Quoi ?

— Il représente une menace. Surveille-le. Il était encore en train de déambuler dans la maison de la meute.

— Je te jure que je me suis juste endormie une minute. J'ignore pourquoi il est parti.

Crystal souffla fort.

— Alors, arrête de dormir. Tu dois le garder à l'œil. Je m'en fiche que ce soit *des trucs d'ours*, il n'a pas le droit de jouer au handball avec les membres de notre meute.

— On... n'a pas de terrain de handball.

— Je le sais bien, répondit Crystal en reniflant et en tournant la tête vers Alex. Il a utilisé un membre de la meute en guise de ballon et la porte du garage pour en faire son terrain.

Lara s'immobilisa jusqu'à ce que Crystal claque la porte derrière elle. Elle rit ensuite et se hissa sur ses genoux pour enrouler ses bras autour du cou d'Alex, à l'aise avec son côté poilu.

Bien sûr qu'elle est à l'aise. Qu'y a-t-il à ne pas aimer ? fanfaronna son ours.

Alex reprit le contrôle et se transforma à nouveau en humain. Il ne cessa de rire de l'intérieur.

Tu n'as aucun problème d'ego.

Lara recevait d'étranges cadeaux. Lundi, ça avait été une collection de films ninja. Mardi, un énorme bouquet de tulipes avait été livré. En plein mois de septembre.

Un jour, ils s'étaient retrouvés nez à nez avec une piscine pour enfant remplie de poissons, en plein milieu du couloir.

Les poissons, des truites en grande quantité, nourrissaient la meute entière.

— Ce sont des cadeaux bien plus charmants que je n'aurais pu l'imaginer de la part de prétendants qui perdent leur temps, déclara Lara en humant l'air. Ça doit être quelqu'un qui cherche à faire bonne impression, ajouta-t-elle.

Une odeur de truffes au chocolat provenant de la boîte énorme ouverte sur le haut de la cheminée flottait dans la pièce.

— Est-ce que ça fonctionne ? demanda Alex.

Lara était allongée sur le dos, nue sous son corps, et sa poitrine se soulevait après leur dernier épisode sexuel.

— Oh, tout à fait. Tu ne m'as pas vu arpenter les couloirs de la maison de la meute à la recherche de quelqu'un avec qui faire des cochonneries ? Ça fait *une éternité* que je n'en ai pas eu l'occasion !

Alex lui rendit un sourire malicieux. C'était si agréable de pouvoir la taquiner et sentir son cœur s'accélérer au rythme des pulsations dans le creux de son cou.

— Si tu as encore de l'énergie à perdre, alors, je n'ai pas besoin d'attendre pour faire ça...

CELA PRIT une semaine entière à Alex pour être convaincu que la fièvre était terminée et qu'ils puissent se montrer en public.

Alex était content de s'en être sorti indemne une année de plus. Alex avait appris à mieux connaître Lara. Les histoires qu'ils avaient partagées et leurs conversations franches lui avaient donné une dimension humaine. Ce n'était plus un ennemi obscur, mais quelqu'un qui faisait de son mieux, tout comme lui.

Des éclats de rire lui parvinrent, et Alex vit son frère Cooper, qui se tournait vers Lara, assise à côté d'Alex à la table gigantesque :

— Tu es certaine qu'il en a fini avec la fièvre ?

— Pourquoi tu le lui demandes à elle ? demanda Alex. Je suis juste là.

— Parce que tu es ici physiquement, mais qu'il y a un instant, tu étais complètement distrait, le regard perdu dans le vide, commenta James qui se trouvait de l'autre côté de la table, un bras autour de sa compagne.

La brune assise à côté de lui pencha la tête et dit en souriant :

— Ça ne te ressemble tout simplement pas, Alex. Tu es toujours si intense et concentré, continua Kaylee.

Elle avait raison. Être réunis autour d'une grande table au Sirius Bar, la taverne tenue par les loups, aurait dû rendre Alex bien plus à cran.

Surtout que ses frères et lui rendaient rarement visite à la concurrence. Et en plus, il y avait des femmes avec eux, Kaylee, bien sûr, et Amber, la secrétaire principale des Joyaux Borealis.

Et Lara, bien entendu. Mais au moins, sa présence ici était justifiée.

Elle traversa la pièce pour les accueillir, et cela suffit à calmer les loups. Les murmures avaient continué, mais ils étaient peu nombreux et espacés, étouffés dans l'œuf par les regards aux pouvoirs magiques de loup que Lara adressait aux membres insubordonnés de la meute.

— Pas besoin d'être sur le qui-vive alors qu'elle contrôle la situation, répondit Alex en souriant à Lara. Tu avais dit que la nourriture était meilleure ici qu'à la taverne des Diamants. C'est le moment de le prouver !

Ils avaient pris la plus grande table. La nourriture arrivait par vagues, et la conversation allait bon train.

— Qu'est-ce que vous avez prévu de faire, maintenant que la fièvre est terminée ? demanda Cooper.

Lara et Alex s'échangèrent un regard :

— Je vais rester à la maison de la meute un peu plus longtemps. On travaille sur un projet ensemble.

Les yeux d'Amber s'écarquillèrent. Elle prit un bloc-notes de son sac à main et y griffonna rapidement un message qu'elle fit glisser de l'autre côté de la table vers Lara.

Est-ce que ça concerne cette chose dont on avait discuté il y a un moment ?

Alex s'en voulut. Bien sûr. C'était pour cela que Lara avait commencé à traîner avec Kaylee et Amber. Pas pour chercher à causer des ennuis, mais pour les aider à les résoudre. Il aurait dû prévoir que les filles auraient une longueur d'avance sur lui.

Lara nota une réponse et renvoya le bloc-notes à sa propriétaire. Cette technique les gardait à distance des loups et de leur ouïe surdéveloppée : une conversation intelligible pourrait se répandre comme une traînée de poudre.

Oui. On est sur le coup. Je t'en dirai plus dès que possible.

Lara ne mentionna pas son potentiel-compagnon-loup-alpha, mais seul un retardataire ne lâchait pas l'affaire. Plus Alex restait dans les parages, plus son intérêt semblait décliner.

Ce n'était pas comme ça qu'Alex aurait agi s'il était décidé à obtenir les faveurs d'une femme, il ne se décourageait pas ainsi

La conversation se fit plus neutre.

— Comment se passent tes recherches pour ton frère ? demanda Alex à Amber.

C'était la raison principale pour laquelle celle-ci avait déménagé dans le nord deux ans plus tôt : partir à la recherche de son frère unique.

Elle grimaça et fixa tristement la frite entre ses doigts.

— La dernière piste n'a rien donné. Je sais qu'il est là quelque part, mais il y a tant de petites communautés sur le territoire qui ne communiquent pas régulièrement... C'est difficile de continuer.

— Je peux peut-être t'obtenir de l'aide de la part des loups, proposa Lara. Il y a toujours des membres qui s'absentent et qui disparaissent dans la nature. Ils font le tour d'à peu près tous les villages et toutes les colonies pendant l'hiver.

Amber jeta un œil vers Alex, l'espoir naissant dans son regard.

— Je pense...

Ce dernier se demanda si son animosité envers Lara plus tôt dans l'année avait fait hésiter Amber à accepter son aide.

Non, il n'avait pas fait confiance à Lara. En dépit du fait que les loups le mettaient encore mal à l'aise et que quelque chose d'énorme se tramait, si elle disait pouvoir aider, c'était qu'elle le ferait.

Il inclina la tête pour signaler discrètement à Amber qu'il était d'accord.

Ses yeux s'illuminèrent et son sourire s'agrandit. Elle acquiesça et répondit à son amie :

— Ce serait super. Je peux te transmettre toutes les informations quand on sera à la maison ce soir.

Lara hocha la tête, leva la main un instant et s'excusa pour quitter la table.

— Désolée, les amis. Je dois m'occuper de quelque chose.

Elle traversa la pièce et se dirigea vers deux loups qui se toisaient. Lara écouta l'un d'entre eux prendre la parole, puis l'autre, avant de leur répondre calmement.

Alex observa la tension disparaître. Les deux hommes-loups se serrèrent la main, pas de bagarre avec les poings.

Lara eut besoin de presque vingt minutes pour revenir à table. Les loups l'appréciaient et parlaient avec elle.

Alex ressentit presque... de la fierté. Elle discutait avec les gens à de nombreuses tables et acquiesçait pour rassurer les loups et leurs regards inquiets lancés en direction des ours.

Son rire lui parvint et leurs regards se rencontrèrent. Elle lui fit un clin d'œil et il s'en amusa. Elle lui donnait l'autorisation de venir sur son territoire, et elle était heureuse qu'il y soit.

Quelqu'un lança *Teddy Petit Ours Brun* sur le système audio.

Des pitreries de loups.

Alex se pencha en avant et interrompit la conversation :

— Excusez-nous, mesdames, mais j'aurais besoin que mes frères viennent avec moi quelques minutes.

James embrassa rapidement Kaylee avant de sortir de table. Cooper jetait un regard étrange à Alex, mais il s'avança quand même.

Amber fit un geste de la main décontracté, mais ses joues rougirent lorsqu'Alex retira ses vêtements et qu'il les rangea soigneusement sur la chaise à côté d'elle.

James rit, goguenard, mais un instant plus tard, il était nu, lui aussi.

Cooper se pinça l'arête du nez et grimaça lorsqu'il passa derrière la chaise de Kaylee. Il se dévêtit et se transforma si rapidement qu'il s'empêtra dans ses habits.

De l'autre côté de la pièce, Lara rit ouvertement lorsqu'Alex se retourna vers elle et lui fit une révérence avant de rejoindre ses frères sous leur forme d'ours.

Les loups lui firent de la place lorsqu'Alex s'avança pour rejoindre Lara sur la piste de danse.

— Tu es un sacré numéro, déclara-t-elle en riant de plus belle.

Alex venait en effet de déplacer son poids sur ses pattes arrière et quémandait une valse.

— C'est non, mon cœur. Il te suffit de faire un pas de travers et je peux finir écrasée comme une crêpe.

Quand il se mit sur ses quatre pattes, Lara enroula ses bras autour de sa tête et dansa sur place pendant qu'il battait ses pattes d'avant en arrière. Sur leur droite, Kaylee riait à gorge déployée et James, assis sur le plancher, bougeait ses pattes au rythme de la musique.

Cooper était immobile, Amber debout près de lui. La petite humaine tremblait de peur, mais avait une attitude protectrice, prête à donner une raclée à quiconque s'approcherait un peu trop. Ce n'était pas comme si Cooper avait besoin d'un garde du corps : un seul coup de patte ferait mordre la poussière à n'importe quel agresseur.

Alex eut le cœur léger. Il n'était ni l'expert en sécurité ni le protecteur de la famille, il n'était qu'Alex. Un Alex qui s'amusait et se détendait avec ses amis et sa famille.

Pourtant, Alex restait parfaitement conscient de ce qui se passait du danger.

La musique changea. *Let Me Be Your Teddy Bear* d'Elvis Presley retentit et tous les loups rirent en chœur. Certains se transformèrent et se rassemblèrent sur la piste pour se joindre à la fête.

16

———

*L*ara était recroquevillée dans l'immense fauteuil à bascule de la pièce commune. Elle avait un livre sur les genoux. Depuis une demi-heure, elle lisait le même paragraphe encore et encore.

L'automne était officiellement arrivé et les températures étaient assez fraîches pour profiter d'un feu de cheminée au calme. Plus d'une vingtaine de membres de la meute étaient rassemblés dans la pièce.

Alex se promenait quelque part dans les parages. Il aurait pu partir il y avait une semaine de ça, mais il était resté jusqu'à ce que le dernier visiteur invité par Crystal jette l'éponge. Celui-ci avait gentiment administré une tape à Alex dans le dos et n'avait même pas tenté d'approcher Lara pour lui serrer la main en guise d'adieu.

Depuis, Alex était resté. Chaque matin, elle se préparait mentalement à ce qu'il lui annonce son départ pour reprendre le cours de sa vie et s'occuper de ses propres affaires, mais elle avait de plus en plus espoir de pouvoir un jour discuter avec lui de leur relation et de la possibilité d'aller plus loin.

Son loup avait cessé de lui adresser la parole, très déçu qu'ils ne se révèlent pas leurs sentiments et qu'ils ne jouent pas cartes sur table.

Elle ne pouvait pas lui faire ça. Le lien incroyablement intime qu'ils avaient tissé au cours des deux dernières semaines lui rappelait la sincérité d'Alex. Lorsqu'il donnait sa parole, il le faisait à cent pour cent. Elle pouvait lui faire confiance, et c'était génial, mais cela devait être réciproque.

Ils s'étaient lancés là-dedans sans attentes. Alors, cela avait beau lui faire mal, elle s'en tiendrait à leur accord.

Peut-être lui laisserait-elle un mois ou deux pour tester leur relation amicale, mais ensuite, elle reviendrait au rêve d'une vraie relation. Elle ne lâcherait pas le morceau jusqu'à obtenir ce qu'elle voudrait... mais pas maintenant. Ce ne serait pas correct.

Elle ressentit la présence d'Alex : Il dit au revoir aux deux hommes avec lesquels il était en train de discuter, puis il se retourna vers elle et traversa la pièce.

— Tu t'es perdu ?

Elle sursauta lorsqu'il la souleva, qu'il se retourna délicatement et qu'il s'installa sur le fauteuil, Lara parfaitement en équilibre sur ses genoux.

— Pas du tout. Je savais exactement où je me trouvais à chaque instant, répondit-il en riant.

Comment avait-elle pu le croire rigide et obstiné ?

Il était incroyablement séduisant. Elle ne songea plus qu'à savourer son baiser.

Un bruit sourd retentit, son livre avait atterri au sol. Les doigts de Lara agrippaient les cheveux d'Alex et ce dernier l'attira contre lui en s'appuyant contre le fauteuil à bascule. Sa langue dansait avec la sienne et Lara en fut étourdie.

— Trouvez-vous une chambre, cria quelqu'un.

Hormis quelques ricanements, le « couple » pouvait se

dire que la foule rassemblée dans la pièce acceptait leur relation.

Lara recula.

— Tu es en train de nuire à ma réputation.

— Je ne vois pas comment. M'embrasser dans la pièce commune n'affecte en rien ton statut de meilleure combattante de l'assemblée, déclara son amant en baissant le regard vers ses lèvres. Peut-être que nous devrions réessayer, juste pour être sûrs.

Il était inutile de résister. Elle se laissa aller encore plus contre lui et l'embrassa passionnément. Elle se demandait quand elle pourrait le tirer de ce fauteuil et suivre pour de bon l'ordre qu'on leur avait lancé d'aller dans leur chambre.

Cette fois, ce fut Alex qui interrompit leur baiser. Il parla si bas qu'avec la musique qui jouait par-dessus leur conversation, l'entendre demanderait beaucoup d'efforts, loups ou pas.

— J'ai trouvé quelque chose.

Lara n'assimila pas ses paroles. Puis, lorsqu'elle commença à se crisper, il fit courir une main le long de son dos et haussa un sourcil.

Il était allé fouiner dans la maison de la meute et il avait déniché une information.

— Une preuve ?

Il plissa le nez.

— Quelque chose qui demande ta signature. Aucune information, juste des pages. Ça veut dire qu'il se passe bien quelque chose, mais ça ne dit pas *quoi*.

Qu'il ait trouvé quelque chose était positif, ils avaient besoin de résoudre le problème avant que quoi que ce soit d'autre se produise, mais elle avait juste envie de retourner à l'époque où ils passaient leurs journées au lit et où ils n'avaient rien d'autre à faire que de faire le bonheur de l'autre.

Cependant, résoudre l'énigme mettrait fin à leurs incertitudes.

Elle se redressa prudemment.

— Alors, ça arrive pour de bon. Je dois agir.

— N'agis pas prématurément, l'avertit-il. Parle avec ta sœur. Demande-lui ce qui se passe et laisse-lui l'opportunité d'arranger les choses.

— Super. Tu me renvoies mes propres mots à la figure, tiens.

— Ils étaient plutôt intelligents à la base, admit-il d'un air penaud. Je me suis dit, pourquoi chercher à améliorer la perfection ?

Il inspira profondément et plaça une main sur son cœur. Il la rassura alors qu'elle rassemblait son courage.

— Je peux le faire, chuchota-t-elle. C'est la bonne chose à faire.

— Tu peux tout faire, confirma-t-il.

Il l'embrassa avec fougue. Ce baiser n'était pas espiègle. C'était un baiser intense et puissant, peut-être sa plus belle promesse.

Lorsqu'elle quitta ses genoux et redressa les épaules, il se releva pour se tenir à ses côtés, l'attendant patiemment.

Lara traversa la pièce d'un pas décidé et se dirigea vers l'imposant bureau en chêne de sa PDG de sœur. Le meuble servait à intimider les visiteurs. Le bureau disait : « C'est moi la patronne, ne m'interrompez pas ». Elle faisait un puzzle, quelle patronne !

Lara s'arrêta devant le bureau, les jambes écartées.

— Crystal.

Sa sœur agita une main pour chasser une mouche imaginaire.

— Je suis occupée.

Lara se pencha en avant et empêcha Crystal de poursuivre son puzzle.

— J'ai entendu quelque chose qui m'inquiète, et j'aimerais en discuter avec toi. Est-ce que ça te dérangerait d'aller dans un autre endroit, plus discret ?

Sa sœur renifla grossièrement. Crystal s'adossa contre son fauteuil et examina Lara de la tête aux pieds, jetant à peine un regard à Alex.

— Oh, chérie. Tu veux de l'intimité ? Oups, désolée. Ce n'est pas comme ça qu'on fait les choses chez les loups. Si tu as quelque chose à dire, dis-le ici devant tout le monde.

Lara observa Alex, puis Crystal de nouveau. Ses mots étaient provocateurs, elle cherchait la bagarre.

— Pourquoi tu fais ça ? murmura Lara.

Crystal bondit.

— Parce que je suis un loup. Et parce que c'est moi l'alpha, et parce que c'est ce qui doit arriver. C'est quoi ton problème ?

Lara avait essayé. Elle avait vraiment essayé, mais elle n'avait plus d'autre option.

Elle inspira profondément.

— Mon problème, c'est que tu caches quelque chose. Je soupçonne un truc illégal. J'espère me tromper. J'espère que tu ne vas pas nous diviser. Pourquoi n'apaiserais-tu pas mes soupçons dès maintenant en m'expliquant pourquoi je dois signer certains documents pour des affaires obscures ?

— Tu n'es pas du genre à faire confiance, n'est-ce pas ? l'attaqua Crystal.

Elles avaient capté l'attention de chaque loup dans la pièce, d'autres arrivaient au compte-gouttes. Crystal avait du pouvoir, mais Lara était capable de lui tenir tête.

Sa colère et sa frustration lui donnèrent la force de répondre avec tout autant d'autorité.

— Je refuse que la meute trempe dans des affaires illégales. Je choisis de faire le bon choix pour notre futur.

— Mais ce n'est pas toi qui commandes, non ? demanda Crystal en sortant de derrière son bureau. J'ai été plus que patiente avec toi ces dernières semaines. Je pense qu'il est temps que tu te taises et que tu retournes dans ton coin. Emmène Winnie l'Ourson avec toi, c'est le nounours parfait pour tenir compagnie à une gamine.

Sa sœur s'imaginait-elle réellement que quelques insultes allaient lui faire perdre son sang-froid ?

Alex, lui, avait de nombreuses raisons d'être furieux. Pourtant, il gardait son calme. Lara croisa son regard approbateur et encourageant.

Tous les événements des six derniers mois remontèrent à la surface. Tout s'était enchaîné pour arriver à cet instant. Lara devait décider si elle était prête ou non.

Elle leva le menton et soutint le regard de Crystal :

— Je ne peux pas te laisser faire ça, sœurette...

— Tu vas m'en empêcher ?

— Oui.

Quelques murmures dans le fond s'élevèrent. Elles respiraient la puissance.

— Tu me mets au défi. Je me demandais si ce jour viendrait.

Crystal jeta un regard par-dessus son épaule et Tatie Améthyste, sortie de nulle part, vint la rejoindre. Ses cheveux blond platine aux reflets légèrement violets étaient relevés en un chignon élégant. La monture de ses lunettes était assortie. Son polo habillé était orné d'un logo qui représentait deux loups enchevêtrés.

Ensemble, elles se dirigèrent vers le centre de la pièce pour faire face à Lara.

Lara réessaya une dernière fois :

— Nous n'avons pas besoin d'en arriver là. Tu peux faire un autre choix.

— Le choix que nous avons là me plaît bien. Nomme ton bras droit pour que nous puissions nous y mettre.

Toute la meute éleva la voix lorsqu'Alex s'avança et qu'il prit la main de Lara.

17

Alex ignorait que les loups étaient capables de produire des sons si affreux.

Lara serra sa main puis la lâcha. Elle redressa ses épaules et se tourna vers sa sœur, prête à se battre.

L'expression sur le visage de Crystal trahissait son agacement. Elle jeta un regard dédaigneux à Alex.

— C'est un ours. Choisis quelqu'un d'autre.

Malgré cette demande appuyée, la femme n'en fit pas grand cas.

— Aucune règle ne m'y oblige. C'est lui que je choisis. C'est lui que je *veux*.

Ensemble, ils fonctionnaient bien, et aujourd'hui, Alex était prêt à se tenir à ses côtés, reconnaissant et heureux.

L'alpha de la meute Orion intervint, courroucé.

— Tu ne peux pas te porter volontaire pour être son bras droit. C'est scandaleux, et en plus, tu n'as pas la moindre idée de ce que tu es en train de promettre. C'est un truc de *loup*.

Personne ne lui disait jamais ce qu'il avait le droit ou non de faire.

C'étaient des conneries.

Il parla haut et fort. Ses mots tranchaient dans le vacarme causé par les membres de la meute.

— Je ne connais peut-être pas toutes vos traditions, mais je crois en Lara. Je la crois lorsqu'elle dit qu'elle ne souhaite que le meilleur pour la meute, toi y compris. Si tu étais une véritable sœur, tu l'écouterais, parce qu'elle t'aime de tout son cœur. Quoi qu'il se passe, je suis prêt à me tenir à ses côtés. À la soutenir même dans le deuil, si tu n'es plus là.

— Et ils disent que les loups sont assoiffés de sang, lança l'ennemie en montrant les crocs. Tu veux dire que tu vas t'en mêler et te battre à sa place ?

— Elle n'a pas besoin que je le fasse. Elle peut mener ses propres combats, parce qu'elle est forte et intelligente. Mais elle bénéficiera de tout le soutien dont elle aura besoin.

Alex resta à l'affût, mais il recula assez loin pour ne plus se tenir devant la femme qu'il aimait...

Bordel. Il était amoureux d'elle.

Je te l'avais dit, murmura joyeusement son ours.

Oui, oui, tu pourras fanfaronner plus tard. On est légèrement occupés, là.

Cinq pas devant lui, Tante Améthyste l'imita. Elle fit un pas de côté et laissa Lara et Crystal en tête-à-tête. Elle resta assez près pour pouvoir intervenir sans hésiter et le confronter, lui ou quiconque choisirait de s'en mêler.

Cela l'énervait au plus haut point.

Tatie Améthyste lui fit un clin d'œil.

Elle l'accompagna d'un claquement de son chewing-gum qui fit sursauter un Alex complètement perdu.

S'agissait-il d'une sorte de message ou d'une trahison ? En tout cas, le moment était mal choisi.

D'après ce qu'il savait, Lara avait toujours aimé sa tante, hormis son addiction à la nicotine

Alex fut énergisé par sa propre puissance, et son attention se porta de nouveau sur Lara. Grâce à sa vision périphérique, il surveilla la meute.

Il se passait des choses de dingue.

Les ours polaires, si l'on mettait de côté leur capacité à se transformer, respectaient surtout les traditions humaines et la notion de hiérarchie. La personne qui gagnait la bataille pouvait être celle qui prenait le dessus le plus longtemps, tant au niveau physique qu'intellectuel. Ceci pouvait impliquer la force physique, mais tout aussi souvent, un esprit rusé, comme celui de son grand-père.

Chez les loups, la domination tenait une part bien plus importante dans le combat. Et à cet instant, Alex se tenait au premier rang pour constater ce que cela signifiait réellement.

Crystal et Lara s'étudiaient de la tête aux pieds. Une force incroyable se dégageait de chacune d'entre elles. Il y avait de l'électricité dans l'air, et la meute savait qui avait le dessus sur l'autre.

Les pouvoirs des deux femmes avaient un goût différent : pour Crystal, il était vif, charbonneux. Celui de Lara était doux et citronné, frais. Un autre vent de fraîcheur merveilleux souffla sur eux, et Crystal tressaillit.

Cette bataille était dirigée par la volonté de fer de Lara.

Elle gagnait. La meute chuchotait son prénom, le regard illuminé, le menton baissé.

Crystal chancela. Elle avait mal.

Lara hésita, et l'énergie puissante dans la pièce finit par diminuer. Alex voulait s'assurer qu'elle ne s'exposait pas au danger.

Elle gère. La louve est en train de faire preuve de clémence. Notre louve est courageuse et intelligente.

· · ·

Alex était bien d'accord.

Lara leva une main sur le côté, comme pour le prévenir de ne pas agir, puis elle la tendit vers sa sœur. Leur puissance éclata brièvement et remplit tout l'espace.

Lara se redressa de toute sa hauteur. Crystal grimaça et... quelque chose changea.

Le goût électrique et âpre qui flottait dans l'air devint léger et bienveillant. Tout le monde était dans un cocon, à l'abri.

Les loups s'effondrèrent sur les canapés, et ils eurent un regard d'adoration pour la louve qui vainquait.

Crystal se tenait encore debout, mais elle était lasse comme si elle venait de courir un marathon.

Une seconde passa, puis une autre. Lara s'avança et s'empara de la main de sa sœur :

— Rends-toi.

Crystal inspira profondément et Alex pensa qu'elle était sur le point de rassembler toutes ses forces pour l'attaquer une dernière fois.

Au lieu de cela, elle enlaça sa sœur, le visage ruisselant de larmes.

— Ils sont à toi. Je me rends, merci, haleta-t-elle.

Lara l'embrassa fort et tapota le dos de sa sœur. Elle se retourna pour regarder Alex. Les sourcils froncés, elle articula les mots de Crystal en silence. *Merci ?*

Alex haussa les épaules. Pour lui, rien de ce qui venait de se produire n'était logique.

Des loups s'avançaient à la fois pour serrer Crystal dans leurs bras et pour prêter allégeance à Lara, entre poignées de main, accolades et baisers sur la joue.

Alex ne sut pas trop quoi en penser, et son ours garda son jugement pour lui.

— Ne t'inquiète pas. Ils ne se l'approprient pas du tout comme tu le crois.

Améthyste se tenait devant lui. L'odeur de fumée qui se dégageait d'elle était si forte que les larmes lui montèrent aux yeux.

Il parvint à se retenir de tousser, et demanda :

— Avez-vous songé à essayer le patch, et de quoi est-ce que vous parlez ?

— Lara est le nouvel alpha. Elle nous appartient, et nous lui appartenons, mais je pense qu'elle a encore de la place pour toi. Ne fais pas traîner les choses.

Il observa la femme et répliqua :

— Vous pensez que cela vous concerne ?

La tante de Lara grimaça.

— Intéressant...

— J'ai entendu dire que c'est la phrase que vous utilisez quand vous avez un *avis* sur une question.

Elle sembla ravie.

— Donc, vous n'avez pas fait que baiser, vous avez parlé aussi. Ça aidera énormément pour ce qui vous attend, continua-t-elle en se penchant vers lui.

Il recula pour ne pas empester la cigarette.

— Tu peux me croire, ça fait un bon moment qu'on prévoit ça. Une fois que les choses se seront calmées, tu comprendras tout.

Ce ne serait pas du luxe. Tout ce qu'il comprenait, c'était que Lara était en train de venir à bout de ses embrassades avec les membres de sa meute. Il avait envie de se tenir près d'elle, recueillir ses impressions, et la dévêtir.

Hmmm. Il devait s'y atteler.

— Peut-être devrions-nous parler plus tard, suggéra-t-il à Tante Améthyste.

— Aucun problème. Juste une chose... Il faut que tu saches que je n'accepte pas les conseils de parfaits inconnus. Si tu fais les choses correctement, et que nous finissons par faire partie de la même famille, alors, il se pourrait que je m'intéresse à ce patch dont tu parlais, lui dit-elle avant de secouer sa main. Que tout le monde recule et nous fasse de la place. On a du pain sur la planche, retournez à vos tâches.

Les loups se ruèrent vers la sortie et disparurent le long des couloirs. La vieille femme guida Crystal, Lara et Alex dans le bureau de la meute.

— Assieds-toi, ordonna Améthyste à Lara en désignant le fauteuil derrière le bureau.

— Eh bien, heureusement que tout le monde sait qu'un alpha ne reçoit d'ordres de personne.

— Peuh ! Je ne te donne pas d'ordres. Je m'occupe seulement des détails.

Elle s'empara d'un dossier sur le dessus du caisson de rangement et étala devant Lara une bonne douzaine de documents sur le bureau.

— Des papiers de passation. C'est pour la meute ?

Crystal tremblait encore. On aurait dit que s'être pris une pure claque l'avait vidée de toute énergie. Bizarrement, son sourire restait résolument espiègle.

— Les humains n'acceptent pas d'explications du genre « son loup est plus fort que le mien » pour donner accès aux comptes bancaires. Tout ceci te donne le contrôle juridique sur la meute et sur tout ce qui a un rapport avec Minuit Inc., dont je m'occupais.

Alex commençait peu à peu à comprendre.

— Cela fait longtemps que vous prévoyez ça, déclara Alex en regardant la sœur de Lara.

Crystal hocha la tête, visiblement toujours aussi fière d'elle, même effondrée sur une chaise.

— Désolée. Mes jambes ne veulent plus me soutenir, expliqua-t-elle en regardant Lara, le visage empli de fierté. Je savais que tu étais assez forte pour prendre le relais. Après quinze ans à la tête de la meute, je suis prête à faire autre chose. Si j'avais abdiqué, tu aurais eu au moins une bonne dizaine de concurrents. C'est ce qui m'est arrivé lorsque maman et papa ont cédé. Tu étais probablement encore trop petite pour te rappeler à quel point c'était chiant. Je savais que tu pourrais les vaincre, mais il y aurait pu avoir des blessés.

— Faire les choses en douce assurait moins de sang... acquiesça lentement Lara. Ceci explique une partie de ce que j'ai entendu. Certaines des rumeurs qui se sont répandues ont poussé Alex à chercher des informations à propos d'un éventuel rachat hostile.

Crystal en fut atterrée. Elle s'adressa à Alex :

— Tu croyais que nous essayions de nous en prendre aux Joyaux Borealis ? Non, pas du tout ! Je n'oserais jamais rien faire qui pourrait faire du mal à ma sœur ou à son com...

Elle fut prise d'une quinte de toux en même temps que Lara.

Tatie Améthyste lança des bouteilles d'eau aux deux femmes.

— Mesdames, si vous pouvez tenir le coup encore quelques minutes, Alex et moi devons être témoins de vos signatures sur tous les documents.

Cela leur prit quelques minutes pour s'échanger les stylos, et finalement, une belle pile de papiers s'entassa sur le bureau.

— J'apporterai ça à notre avocat demain matin à la

première heure, annonça Améthyste. Je vous prie de m'excuser, j'ai besoin de fumer ou je risque de dézinguer quelqu'un.

Elle partit en trombe du bureau sans un regard derrière elle.

Crystal se leva pour se tenir sur ses jambes fébriles et sourit avec bienveillance à sa sœur.

— Pour ce que ça vaut, je pense que tu feras du super boulot.

— Tu seras là pour me le dire si je fais des erreurs, lui fit remarquer Lara. En revanche, je t'en prie, utilise des mots, pas des bruits comme « hmmmmmm ».

Sa sœur rit, puis elle secoua la tête.

— Je ne serai pas là. Je t'ai dit que j'étais prête pour de nouvelles aventures et en fait... j'ai rencontré ma compagne.

Lara hurla d'excitation et donna une tape sur le bras de Crystal.

— Je n'y crois pas ! Pourquoi tu ne m'as rien dit ?

— Parfois, les gens gardent leurs compagnons secrets parce qu'ils ont une bonne raison de le faire. Ou tout du moins, parce qu'ils *pensent* avoir une bonne raison, sourit Crystal. Je suis avec un puma métamorphe d'un clan du Montana. Elle ne peut pas immigrer, alors je pars dans le sud. Je ne pouvais pas envisager mon départ avant de t'avoir cédé le pouvoir.

Lara jeta un regard à Alex et elle piqua un fard. Elle se tourna vers Crystal :

— Je l'ai rencontrée, n'est-ce pas ? Elle m'a apporté un message lorsque j'étais au spa.

— Elle t'aime bien. Tu auras bientôt l'occasion de la rencontrer à nouveau, je te le promets. Maintenant, j'ai besoin d'aller la mettre au courant des dernières nouvelles, commença Crystal en inclinant la tête avec respect. Est-ce que mon alpha est d'accord ?

Lara soupira à la fois de joie et d'épuisement.

— Ta *sœur* qui t'aime énormément est d'accord avec ça. Allez, file.

À la grande surprise d'Alex, Crystal s'arrêta devant lui et le dévisagea.

Le renifla. Et... le prit dans ses bras. Elle le serra fort avant de lui donner une tape dans le dos, aussi brusquement que l'aurait fait James ou Cooper.

— Tu n'es pas trop mal, concéda Crystal en se faufilant hors de la pièce.

Elle longea le couloir en chancelant.

Les loups sont bizarres, commenta son ours. *À part la nôtre.*

Navré de te l'apprendre, mais la nôtre est bizarre aussi. Ça me va très bien.

Ce qui était bizarre chez elle la rendait unique et forte. Elle était la partenaire qui partagerait sa vie pour toujours.

Oui, Alex comptait bien faire tout ce qu'il faudrait pour qu'elle l'accepte, lui aussi. Ils finiraient ensemble, en tant que compagnons.

18

La direction de la meute Orion avait changé il y avait des années. Lara n'avait que huit ans lorsque Crystal avait pris le relais des anciens alphas, leurs parents. Elle ne possédait que quelques souvenirs de cette époque, mais ses instincts de loup et ses souvenirs étaient assez nombreux pour rendre cette passation à la fois rapide et fluide.

Une heure après leur propre version de *Règlements de comptes à O.K. Corral*, Lara s'émerveillait de ses nouveaux quartiers dans la maison de la meute. C'était loin d'être aussi fastueux qu'aux Délices Chatoyants, mais elle possédait un appartement avec deux chambres et un salon privé. La suite entière se trouvait à l'étage principal pour que tous les membres de la meute puissent y accéder facilement, et elle avait été conçue pour donner une vue magnifique dans trois directions.

Lara fixait la rivière, sa puissance encore dans les veines.

Des mains se posèrent délicatement sur ses épaules et

caressèrent ses bras. Alex s'appuya contre son dos et appuya sa joue contre la sienne.

— Tu vibres presque.

— Je n'ai jamais eu recours à autant de pouvoir d'un seul coup, lui confia-t-elle. En temps normal, je me serais battue en même temps, ce qui m'aurait aidée à délivrer un peu d'adrénaline. Je suis tellement sur les nerfs que je crois bien que la caféine me détendrait.

Elle pivota sur place et enroula ses bras autour de son cou.

Ils approchèrent leurs nez jusqu'à les toucher.

— Vous, les loups, vous êtes bizarres. Admets-le.

Elle était d'accord avec lui, mais elle n'allait pas le lui dire.

— Tu voulais dire que les loups sont brillants, non ? En tout cas, ma sœur l'est.

— D'accord, elle est intelligente. Mais elle a aussi de la chance que tu l'aies dominée. Le plan tout entier aurait pu se retourner contre elle.

— Peut-être.

Crystal avait bien failli cracher le morceau lorsqu'elle avait parlé de compagnons.

Cette dernière était au courant pour le lien d'accouplement entre Lara et Alex. Lara eut envie de botter ses propres fesses. Comment ne s'était-elle pas rendu compte que son alpha le devinerait ?

Lara ne s'était pas contentée de se défendre, mais de laver les torts envers sa meute et son compagnon. De toute façon, Crystal n'avait pas envie de rester au pouvoir, et son amour pour sa compagne l'en éloignait.

Tout le monde savait que Lara devait les commander.

Plus vite Alex et elle repartiraient à zéro, plus vite elle pourrait agir et l'inviter à faire partie de sa vie pour de bon.

Elle prit son visage entre ses mains et tapota ses joues.

— Tout d'abord, merci pour ce que tu as fait tout à l'heure. Être resté à mes côtés et m'avoir laissée mener mon propre combat, c'était...

Sa gorge se serra lorsqu'elle chercha les bons mots pour exprimer ses émotions. C'était merveilleux, et humble, et cela faisait hurler à son loup son envie de l'avoir ici tout le temps, près d'elle.

Lara inspira profondément et réitéra :

— Juste, merci.

— De rien, trésor.

Il était temps de le faire. Prolonger cet instant ne rendrait pas leur séparation moins douloureuse.

— Le mystère est résolu. Les Joyaux Borealis sont en sécurité, et la fièvre d'accouplement est terminée. J'imagine que je n'ai plus aucune raison de te tourmenter et de te faire rester plus longtemps ici.

Il conserva son sourire, mais la lumière dans son regard se ternit.

— Tu viens d'avoir une plus grande chambre et un plus grand lit. Ce serait idiot de me mettre à la porte maintenant.

Ça allait être une vraie torture.

Elle réessaya, mais avant de parvenir à faire sortir de sa bouche plus que quelques mots maladroits, Alex attrapa sa main et l'attira à l'autre bout de la pièce, sur le canapé en face d'un mur vitré.

Le soleil s'était couché depuis longtemps. Des lumières dansaient sur l'eau. Le long de la clôture, une douzaine de crochets étaient installés pour que les membres de la meute puissent étendre leurs vêtements. Une partie de sa famille se promenait joyeusement et se transformait en animaux pour chasser et profiter de la vie.

Des hurlements retentirent dans les airs, des

hurlements joyeux. C'était le son d'une meute satisfaite, consciente d'avoir à sa tête une alpha redoutable. Une alpha qui souhaitait le meilleur pour sa bande.

Néanmoins, malgré la liesse, la cheffe mourait de l'intérieur.

Elle avait besoin de son compagnon.

La tête d'Alex, imposante et magnifique, se glissa entre elle et le paysage. Ses yeux sombres l'observèrent attentivement.

— Il y a quelque chose que je voudrais te dire. J'ai besoin que tu m'écoutes jusqu'à la fin sans m'interrompre.

— C'est si grave que ça ? *Intéressant…*

Il se gaussa si fort qu'il s'étouffa. Lara dut le tapoter dans le dos.

— Parmi la liste des choses dont nous devons discuter plus tard, ta tante Améthyste est un sacré numéro.

— En effet.

Alex prit les doigts de Lara entre les siens.

— Lorsque je t'ai cherchée parce que j'avais la fièvre d'accouplement, je m'étais juré que cet engagement tiendrait uniquement pour cette semaine et pas plus. Je vais m'en tenir à cette promesse parce que c'est la bonne chose à faire, et que tu vas devoir t'habituer à être la nouvelle alpha. Je me suis dit que je devrais te donner un peu de temps. Je me suis dit que je te laisserais un ou deux mois avant de te proposer un rencard, mais on va dire que mon ours a son avis…

— Tu veux que l'on sorte ensemble ? Dans deux mois ?

— *J'avais* pensé à quelques mois, mais mon ours pense qu'on devrait commencer dès demain. Il aurait été content de le faire maintenant, mais j'étais en train d'essayer de te dire que…

Le loup de Lara était tout ouïe.

Son ours est intelligent. Écoute l'ours. Faisons ça maintenant.

Silence, s'il te plaît, répondit Lara dans son esprit. *C'est le côté humain qui s'occupe du calendrier, c'est tout.*

— Lara, je ne veux pas te faire peur. Sache que je ne dis pas ça sous l'influence de la fièvre d'accouplement. Tu es une femme merveilleuse. Tu es gentille et attentionnée, et tu bottes des culs. Tu *me* bottes le cul. Quand on s'est lancés là-dedans, tu m'impressionnais pour ces raisons. Je dois bien le dire, après tout le temps que nous avons passé ensemble, je ne suis pas certain de pouvoir survivre sans toi.

Les mots lui vinrent lentement. Tout son corps vibrait au rythme des battements effrénés de son cœur, et toute l'énergie qu'elle avait dépensée plus tôt n'était plus qu'un minuscule grain de poussière comparé à la pression qui grimpait dans son cœur.

— Moi aussi. Je veux dire, ce que je ressens pour toi a évolué au cours de ces dernières semaines. Je t'ai admiré, et je t'ai désiré, mais maintenant, il y a plus que ça. C'est plus complexe. Ce n'est pas uniquement parce que le sort en a décidé ainsi.

Alex soupira de soulagement. Il conclut :

— Alors, on pourra commencer à sortir ensemble d'ici quelques semaines.

Quel ours innocent et adorable. Maintenant que son loup avait entrevu ne serait-ce qu'une once de son intérêt, il ne pouvait s'en tirer ainsi.

— Non. Ton timing craint.

Il ouvrit de grands yeux.

— Bon, d'accord. Alors d'ici deux mois ou...

Elle glissa du canapé et atterrit sur ses genoux, une jambe de chaque côté de ses hanches. Ses mains se posèrent sur les boutons de sa chemise.

— Ton ours avait une bien meilleure idée. Ni la semaine prochaine, ni demain... maintenant.

— Vraiment ?

— Oh, putain, *oui* !

Elle se pencha en avant pour lui confier la suite, mais les lèvres d'Alex caressèrent les siennes avec douceur et délicatesse. Il la frôlait à peine et lui promettait tellement plus.

Il se mit debout et se dirigea vers le lit king size en continuant de l'embrasser. Sa chemise tomba de ses épaules lorsqu'elle s'en débarrassa. Ses mains descendirent pour s'occuper du bouton et de la braguette de son jeans.

Alex se débarrassa des vêtements de sa compagne jusqu'à grimper au-dessus d'elle sur le matelas, leurs peaux nues l'une contre l'autre.

Il s'arrêta et la fixa. Ses yeux sombres scintillaient à la faible lumière de la lampe sur la table de chevet. Il passa ses doigts dans ses cheveux et les étala sur l'oreiller bordeaux foncé. Puis il se reposa sur elle avec délicatesse.

— J'allais attendre, mais peut-être que mon ours a raison à ce sujet également.

Ses yeux...

Oh, ses yeux étaient pleins d'émerveillement, et son expression était si aimante. Il admirait un miracle.

— Lara... Je t'aime.

Elle fut envahie d'un frisson si vif qu'il parcourut son échine et tout le reste de son corps.

— Sérieusement ?

En réponse, il caressa sa joue avec tendresse et avoua :

— Je ne m'attends pas à ce que tu me le dises en retour. Pas tant que tu ne seras pas prête, mais je prévois de donner tout ce que j'ai pour m'assurer que tu ressentes la même cho...

— Tu es mon compagnon. Le compagnon que le sort a décidé pour moi, je veux dire. Ça aussi, c'est un truc de loup. Je le sais depuis des mois. Ce qui compte, c'est que moi aussi, je t'aime.

Il fut rempli d'espoir et de désarroi.

— Tu sais que je suis ton compagnon depuis des mois et tu n'as jamais rien dit ?

Elle fit la moue.

— Nous n'étions pas vraiment les meilleurs amis du monde.

Alex eut l'air peiné. Il la fit rouler sur le côté et s'assit.

— Tu savais que nous étions faits pour être compagnons lorsque tu m'as menotté à cette rambarde ? Je veux dire, lorsque j'ai été un véritable idiot et que j'ai tenté de te piéger pour que tu me fasses confiance et que tu m'as menotté à la rambarde pour me punir ? Je le méritais...

— Oui, mais est-ce qu'on pourrait revenir un peu en arrière ? Lorsque tu étais sur moi et que nous étions sur le point de...

Alex se pinça l'arête du nez et secoua la tête, comme si de nombreuses pensées lui trottaient dans la tête et qu'il essayait de les faire taire. Puis il releva la tête, triste, et tendit une main vers les siennes.

— Maintenant, je comprends. Il y a eu tant de fois où je ne comprenais rien à ce qui se passait, ni pourquoi tu ne me bottais tout simplement pas les fesses, mais c'était simplement parce que tu essayais de ne pas couper les ponts.

Elle résista à l'envie de sourire.

— C'est un peu compliqué d'essayer de convaincre quelqu'un que vous êtes digne de son amour éternel lorsqu'on le prend constamment pour un punching-ball.

— Ce n'est pas tout, n'est-ce pas ? lui demanda-t-il en la soulevant.

Elle se retrouva sur ses genoux, les doigts d'Alex flattant ses clavicules, ses épaules et ses biceps. Il poursuivit :

— J'ai entendu des histoires. Savoir que j'étais ton compagnon et ne pas pouvoir être avec moi… ça a dû être une véritable torture.

— J'étais plutôt contente de pouvoir passer la fièvre d'accouplement avec toi, même de façon passagère.

Le regard bouillonnant d'Alex voulait tout dire.

— Je te jure que je vais me rattraper, promit-il. Pour chaque mois où tu as souffert, je te donnerai dix fois plus de plaisir. Pour chaque mois où ton loup s'est senti seul, je t'offrirai des décennies de complicité.

J'accepte, hurla son loup. C'est signé, cacheté et livré, je t'en prie.

Lara gloussa.

Alex haussa un sourcil.

Elle appuya une main contre sa poitrine et se rapprocha en se tortillant.

— Mon loup serait d'avis que nous nous accordions autrement qu'avec une poignée de main.

— Avec plaisir.

Il embrassa chaque centimètre de son corps. Il glissa sur le matelas et la manipula comme il l'entendait jusqu'à la faire trembler de désir et la projeter au bord du précipice.

Bien sûr, ce fut là qu'il se retira.

— Je viens de me rendre compte de quelque chose.

Lara hurla et cogna ses poings contre ses épaules.

— Je vais te tuer. Le sexe d'abord, ensuite, on verra pour les révélations.

— Non, c'est important, insista Alex. Tu vois, pendant la fièvre d'accouplement, tu savais déjà que nous étions compagnons. C'était également le cas de ton loup et de mon ours. Tu te rappelles ce que j'ai dit, que *tout le monde devait être d'accord* pour que le lien fonctionne ? Ça veut dire que le seul obstacle à notre accouplement, c'était *moi*.

Elle n'avait pas envisagé les choses de cette manière.

— Et... ?

Alex avança progressivement ses hanches, ce qui fit entrer sa verge en contact avec l'intimité de son amoureuse. Quelque chose de magique se produisit.

Ils surent qu'ils ne seraient plus jamais seuls, indépendamment de la distance entre eux. Le plaisir grimpa et rayonna dans toutes les parties du corps de Lara, jusqu'à la picoter à l'arrière du crâne.

— Lorsque James et Kaylee ont vécu la fièvre d'accouplement, il a accepté et ressenti cette possibilité, mais pas elle. Le lien ne s'est fait que lorsqu'elle l'a accepté.

Alex était désormais en mouvement en elle, et il la rejoignit encore plus intimement en rapprochant ses lèvres de son oreille pour y murmurer :

— Je te choisis. Je te veux. Je *t'aime*.

— Je t'aime aussi...

Il coinça sa bouche contre la courbe de son épaule. Une vive douleur la transperça lorsqu'il la mordit. Les mots s'envolèrent et la pièce fut inondée d'une lumière aveuglante.

C'est réellement en train de se produire.

Alex jouit, lui aussi. Il se cambra et cria de satisfaction.

Lara ne put se retenir davantage.

— *S'il te plaît, dis-moi que tu peux entendre* ça. Elle dirigeait ses pensées vers Alex.

Il s'assit aussitôt et la dévisagea, abasourdi.

— *Lara ?*

Entendre son prénom dans ses pensées, prononcé avec

chacune des nuances dans sa voix, dans un émerveillement absolu, fut la cerise sur le gâteau. Elle l'entoura de ses bras et utilisa leur élan pour les retourner. Désormais, il était allongé sur le dos et elle était agenouillée au-dessus de lui. Elle agita ses bras dans les airs et poussa un cri de bonheur.

Une seconde plus tard, elle frappa le buste d'Alex et lui adressa la parole comme le faisaient les loups accouplés.

— *On dirait bien qu'on est accouplés, chéri.*

Le bonheur de son partenaire ne faisait aucun doute.

— *Tu es coincée avec moi.*

Elle rit de plus en plus fort en se rendant compte de ce que cela impliquait.

— Quelques autres personnes seront coincées avec toi, souligna-t-elle. Bienvenue dans la meute Orion, Alex Borealis.

Ce dernier venait de comprendre exactement ce dans quoi il était désormais fourré.

Il allait désormais avoir affaire aux loups pour l'éternité.

19

———————

*D*ans un esprit de coopération, ils organisèrent leur célébration d'accouplement au lycée. Les loups s'occupèrent de la nourriture et les ours, de l'alcool. Les autorités locales avaient accepté de fermer les yeux sur tout ce chahut, tant que tout le monde se tenait hors des radars. Ce fut une requête raisonnable, selon Alex.

Ils avaient attendu un mois, le temps que les choses se calment un peu, et l'hiver était arrivé à Yellowknife. Le vent d'octobre soufflait sur les bancs de neige, mais l'intérieur du gymnase scolaire était chaleureux et confortable. Il y flottait une délicieuse odeur de nourriture.

Son bras qui entourait la taille de Lara lui donnait la sensation de connaître enfin la perfection. Il avait pris l'habitude de rester derrière elle partout où elle se tenait et de la rejoindre en silence lorsqu'elle discutait avec la meute ou qu'elle communiquait avec les personnes travaillant dans les mines de diamants. Il n'avait plus besoin de se trouver au premier plan.

Elle n'avait pas besoin de montrer les crocs lorsqu'il était près d'elle. Cependant, à la vitesse de l'éclair dès que la meute avait besoin d'elle, parce que la guerrière ninja déchirait tout.

Il s'avança et se mit en position pendant que Lara discutait avec sa tante Améthyste. Aujourd'hui, la tenue de la femme âgée était orange fluo et présentait des touches audacieuses de violet. Cela aurait été fantastique avec ses cheveux teints, mais elle avait refait sa couleur. Son nouveau rouge éclatant jurait avec son écharpe orange.

Alex faillit en perdre la vue, mais Lara était contre lui, alors tout allait pour le mieux.

—Tu as l'air particulièrement radieuse aujourd'hui, la gratifia-t-il

La femme renifla et sourit.

— Je t'en prie, fauteur de troubles. C'est toi qui m'as acheté ces vêtements.

Lara le regarda, surprise.

— C'est vrai ?

Il sourit à l'idée d'avoir réussi à la surprendre.

— Eh oui ! C'était un cadeau fait en échange d'une promesse, expliqua-t-il en tendant une main vers Améthyste. Fais-moi voir.

Elle lui offrit son poignet et remonta la manche ajustée de sa veste pour exhiber les patchs de nicotine qui décoraient son bras.

— J'ai été obligé d'en acheter en gros, au grand dam du pharmacien de Pharmaprix !

Alex lui donna un baiser sur la joue. L'odeur de tabac froid s'était évaporée et avait laissé place à un parfum bien plus agréable, tel le vent balayant la neige.

— Passe une bonne soirée. Hmm, fais attention à ce gars-là, dit-il en désignant un homme âgé de l'autre côté de la salle qui frappait le sol de sa canne et adressait un sourire carnassier à toutes les femmes célibataires qui passaient devant lui. C'est un sacré tombeur.

Tatie Améthyste se redressa et fit preuve de nonchalance.

— Eh bien, je ne voudrais pas que quelqu'un s'ennuie à votre fête. À plus tard, les cocos, lança-t-elle en disparaissant.

Les amoureux se dirigèrent vers un autre coin de la pièce.

— *Je t'en prie, dis-moi que tu ne l'as pas lâchée sur quelqu'un sans défense.*

Pouvoir lui répondre en utilisant leurs pensées issues de leur lien d'accouplement changeait de chuchoter. C'était fantastique.

— *Le vieux Jenner est un grizzli qui fait presque ma taille. Tu peux me croire, il saura se débrouiller.*

Ils s'arrêtèrent là où Crystal et sa compagne discutaient avec le grand-père et la grand-mère d'Alex. Cela avait pris un moment, mais son ours n'était désormais plus aussi blessé par l'attitude grossière et les commentaires du vieil homme envers Lara.

Crystal et Chantelle étaient si amoureuses qu'elles étaient magnifiques à regarder.

Lara posa une main sur l'épaule de sa sœur.

— Vous restez quelques jours avec nous, n'est-ce pas ?

Crystal acquiesça.

— Ce sera agréable de passer un peu de temps à la maison de la meute sans avoir à nous cacher.

— On peut rester une semaine, mais après, je devrai retourner au travail. N'hésitez pas à venir nous rendre visite quand vous le souhaitez, vous êtes tous les bienvenus, assura Chantelle.

Ses cheveux sombres étaient relevés en une queue-de-cheval volumineuse. Elle se retourna sur sa chaise pour faire face à Mamie Laureen.

— Mon clan possède un grand terrain. Si vous venez en hiver, vous pourrez y skier. Et si vous venez en été, nous avons de très belles terres sur lesquelles courir. Nous allons ouvrir un spa l'année prochaine, si cela vous intéresse, Madame Borealis.

La grand-mère d'Alex approuva.

— Je ne suis pas une grande skieuse, mais j'aime les jacuzzis, courir, et surtout aller au spa. Giles et moi, nous nous rendrons d'ici quelques semaines au spa du coin, Les Délices Chatoyants.

— Il se pourrait que j'en aie entendu parler une ou deux fois, répondit Chantelle en souriant.

— Nous avons réservé une semaine complète. J'avais espéré pouvoir y aller en août dernier, mais Giles a dû annuler notre réservation à la dernière minute. Le Grand Salon est merveilleux, et la nourriture y est exquise.

Le grand-père Borealis se mit à gigoter.

— Eh bien, regardez ça, lança-t-il en pointant un doigt à l'autre bout de la pièce.

— Vous aviez une réservation en août ? Comme c'est dommage d'avoir dû reporter.

La grand-mère d'Alex tapota le bras de Papy Giles.

— Arrête de gigoter comme un enfant de deux ans. J'ignore ce qui lui prend par moments, leur confia-t-elle d'un air complice. Il est parfois si distrait qu'il ne peut pas se concentrer plus de deux minutes. Je pense que je dois augmenter ses portions de légumes verts à feuilles. C'est bon pour le cerveau, vous savez.

Alex rit à voix haute.

— Assurément. J'ai entendu dire que le chou frisé et que les épinards font des merveilles pour la mémoire.

— *Ton grand-père déteste le chou frisé*, rappela Lara.

Elle prit la parole à voix haute pour enfoncer le couteau dans la plaie :

— Les choux de Bruxelles aussi, Mamie Laureen. C'est très important. Il lui faut de grandes portions de ces légumes.

Alex serra la taille de Lara, puis ils s'excusèrent et ils s'en allèrent à l'écart, vers le hall.

Ils réussirent à peine à arriver dans ce lieu un peu plus privé avant d'éclater de rire.

— La seule chose que Papy déteste encore plus que le chou frisé, ce sont les choux de Bruxelles !

Lara sécha ses larmes de rire.

— Je le sais bien. C'était peut-être un peu cruel, mais... c'était *lui*. Il a réussi à trouver une combine pour m'envoyer au spa.

— Tu ne sais pas tout. Je m'étais introduit dans la maison de la meute et j'y avais trouvé des informations sur ton séjour au spa, mais il ne le savait pas. C'est pour ça qu'il m'a appelé et qu'il m'a envoyé sur ta piste alors que la fièvre pointait le bout de son nez.

Lara cligna des yeux.

— Alex Borealis, tu t'es introduit dans la maison de la meute ? Qu'est-ce que c'est que cette histoire ?

— Une histoire merveilleuse ? suggéra-t-il.

Cela ne l'empêcha pas de le fusiller du regard.

— Hé, ne me regarde pas comme ça ! se défendit-il. J'ai réussi à m'introduire et à m'éclipser avec brio sans qu'aucun de tes loups ne m'attrape. Je suis sûrement plus doué que toi pour la sécurité.

Elle fronça le nez.

— Je te promets de ne pas me vanter. Ou que je ne me vanterai pas trop, corrigea-t-il.

Ils retournèrent dans le gymnase bras dessus bras dessous.

— Les voilà !

— Les invités d'honneur doivent se mettre en position.

— Dépêchez-vous, on ne veut pas rater le spectacle !

Alex conduisit Lara à travers l'assemblée impatiente de loups et l'installa sur l'une des chaises pliantes qui les attendaient au premier rang, décorées de ballons et de serpentins.

Son frère James s'avança et lui remit une écharpe.

— Je me suis dit que tu aurais besoin de quelque chose de spécial pour te distinguer.

Alex l'examina. L'écharpe était décorée d'une flèche pointée sur le côté, au-dessus de laquelle on pouvait lire les mots « Accouplé à cette femme magnifique ».

— C'est génial, frérot. Je la porterai avec fierté.

Son frère en glissa une autre au-dessus de la tête de Lara, puis il recula, très loin. Assez pour qu'Alex ne puisse lui en coller une. Sur l'écharpe de Lara était écrit : « Coincée avec lui ».

Il jeta un regard noir à son frère.

— Attention, ou je ferai usage de mes talents inouïs d'enquêteur pour découvrir les petits noms que ta compagne te donne. J'utiliserai cette info à mauvais escient.

— Mon mignon petit bébé poilu t'embête, Alex ? hurla Kaylee, assise quelques rangées plus loin.

— Et voilà. Tes talents inouïs d'enquêteur ont été prouvés, les coupa Lara qui se retourna sur sa chaise et pointa sa belle-sœur du doigt. Ils *sont* mignons. Tu veux dire sous leur forme d'ours polaire, hein ?

— Tout à fait. Enfin, ils sont grands, colossaux, mais vraiment à croquer. J'ai juste envie de les câliner tout le temps.

Alex échangea des regards avec son frère et ils soupirèrent tous les deux lourdement.

— Heureusement qu'on est les prédateurs les plus redoutés du nord.

James haussa les épaules.

— J'imagine que c'est mieux comme ça. Plus de câlins.

De vifs applaudissements éclatèrent dans un coin. Améthyste s'avança et elle laissa dans l'ombre le vieil ours avec lequel elle avait fricoté, un sourire niais sur le visage.

— Très bien, les enfants, approchez. Nous avons quelques vidéos amateurs qui coïncident avec la fête d'aujourd'hui...

Les chaises se bousculèrent et les voix se firent chuchotements.

— Des vidéos de famille. Si je te vois sur un tapis en peau d'ours, je serai très en colère.

Des rires fusèrent parmi la meute, et Lara lui répondit en silence dans ses pensées :

— *Je crois bien me rappeler avoir été allongée sur une peau d'ours récemment. Complètement nue.*

OK. Il n'aurait dû rien dire. Maintenant, il allait être mal à l'aise pour le restant de la soirée, jusqu'à rejoindre leurs quartiers.

Ou le placard à balais de l'école.

Quelqu'un baissa la lumière et activa la connexion Bluetooth. Pile lorsque le projecteur démarra, le chat Mac pointa le bout de son museau et apparut en ombre géante sur l'écran.

Les loups hurlèrent et les ours applaudirent. Mac leur jeta un regard dédaigneux et continua sa route lentement, très lentement.

La musique de fond de la vidéo jouait un rythme entraînant, et Alex se retrouva à taper du pied.

L'écran projeta un Alex Borealis en train de s'avancer d'un air nonchalant vers Lara. Il était habillé en noir de la tête aux pieds, et elle tenait Mac dans ses bras. La séquence vidéo était celle de leur rencontre devant l'école.

Certaines parties passèrent en accéléré, mais le moindre détail des moments les plus importants fut repassé ou répété au ralenti.

La scène suivante montrait Lara dans la maison de la meute, une expression de bonheur sur le visage, griffonnant un mot qu'elle laissa sur son bureau. Puis, ses sens se mirent en alerte et elle se déplaça comme une véritable guerrière ninja vers la porte. L'écran se divisa. Lara retrouva sur un côté de l'écran, à glisser tel un fantôme vers une ombre au sol. L'autre moitié de l'écran le montrait, lui, dos au mur, approchant petit à petit de l'endroit où elle lui tomberait inéluctablement dessus.

L'écran se divisa encore. Cette fois, la troisième vidéo montrait la pièce commune de la maison de la meute. Améthyste était assise dans son fauteuil inclinable, un grand pot de pop-corn sur les genoux. Elle les regardait tous les deux sur *sa* télévision. Lara sur le point de prendre Alex sur le fait, Tatie lâcha le pop-corn et plaça ses mains de chaque côté de sa bouche pour crier à l'aide.

Lara se redressa aussitôt et partit en courant, ce qui la fit disparaître de l'écran et réapparaître dans la pièce commune pour l'aider à nettoyer.

Pendant ce temps, Alex s'était introduit dans le bureau et avait trouvé les informations.

Il soupira bruyamment lorsque la caméra le suivit tout le long du couloir, en haut, dans le grenier, et en train de quitter la maison de la meute.

— Quel fin limier je fais, commenta-t-il avec ironie.

Lara ajouta :

— Ils m'ont bien eue aussi, lui fit-elle remarquer.

Alex n'en avait rien à faire d'avoir été filmé à son insu, car ce qu'ils partageaient valait tout.

Ils venaient d'arriver à la partie la plus intéressante de la vidéo. Il y avait de nombreuses séquences nocturnes, mais on voyait bien qu'un ours se baladait dans la maison de la meute au beau milieu de la nuit.

Un ours polaire était assis derrière l'ordinateur de la meute et utilisait l'une de ses longues griffes pour passer commande sur... Amazon ?

— Qu'est-ce que tu es en train de faire ? demanda Lara en s'appuyant contre lui.

— Je ne suis pas sûr, admit-il. Donne-moi une seconde.

Qu'est-ce que tu faisais ? demanda-t-il à son ours.

La cour. Je t'ai dit que je m'occuperai de tout, expliqua fièrement sa bête intérieure.

Alex ramenait les truites grises, et traîna un sac plein, mais il fut stoppé par... Crystal.

Elle sortit une piscine gonflable du placard et aida Alex à y déposer ses cadeaux, puis le renvoya dans la chambre de Lara.

Plus d'une personne avait conspiré pour les caser.

Lara se retourna vers Alex, les yeux pleins d'amour.

— *Oooh*. Depuis le début, les cadeaux venaient de toi.

— J'imagine, admit-il. Je dois accorder tout le mérite à mon ours.

— Alors, c'est un sacré charmeur !

D'autres vidéos montrèrent le moment après la bataille entre Lara et Crystal, et les jours où Alex avait commencé à faire connaissance avec les membres de la meute, à jouer à des jeux, à discuter et à traîner avec eux le soir.

Quelque chose s'illumina dans le cœur d'Alex à la vue de ces images. Il s'était trouvé une nouvelle place dans le monde. Pas seulement auprès de Lara, mais au cœur d'une meute de loups sauvage et indisciplinée.

Pas mal pour un expert en sécurité un peu coincé.

Pas mal pour quelqu'un qui avait prévu d'éviter la fièvre d'accouplement à tout prix.

Il saisit le verre de whisky que son frère lui tendit et contempla le liquide ambré qui lui rappelait tant les reflets dans les yeux de sa compagne. L'odeur familière remonta à ses narines et il porta le regard à l'autre bout de la pièce. Il y vit son grand-père qui le regardait fixement, un sourire narquois sur son visage de vieux bouc.

Ça avait été un sacré manipulateur.

Il leva son verre en son honneur.

— Je dois l'admettre. Tu avais raison. Merci.

Papy Giles sourit et leva son verre à son tour.

— Je me suis dit que tu verrais les choses à ma manière. C'est pour ça que j'ai été sympa et que je n'ai pas ajouté à ce spectacle les vidéos de surveillance de toi dans les escaliers lors la fête au Canada.

Alex s'étrangla avec son whisky.

— Je n'y crois pas !

Son grand-père inclina légèrement la tête, souriant presque de toutes ses dents.

— À votre futur heureux en accouplement.

Devait-il rire ou lui hurler dessus ? Ce vieillard était incroyable. Alex espérait vieillir et devenir aussi sournois que lui.

— *Est-ce que ça veut dire que je n'ai pas le droit de le punir ?* demanda sèchement Lara.

— *Tu peux y aller et suggérer autant que tu le voudras à ma grand-mère de le forcer à manger plus de légumes, mais je pense qu'il vaut mieux le garder sain et sauf pendant encore un moment. Mamie l'adore, et il est plutôt marrant.*

Lara entraîna Alex sur ses pieds et lui fit un signe de la main. Ils dansèrent tous les deux sur la musique qui démarrait.

Elle reposa sa tête contre son torse et soupira béatement.

— Je t'aime, Alex Borealis. Merci d'être entré dans mon monde.

— Je t'aime, Lara Lazuli. Merci d'offrir ton cœur à l'ours grognon que je suis.

— *Pour toujours et à jamais.*

— *Tu es la meilleure compagne que le sort pourrait m'avoir donnée.*

ÉPILOGUE

mber était assise près de ses amis. Elle rit à l'une de leurs blagues avant de se lever du banc et d'accepter l'invitation d'un autre loup à danser.

Toute la soirée, elle s'était demandé comment s'y prendre pour faire ce qu'elle avait besoin de faire. Ils célébraient deux individus radicalement opposés en train de prouver leur capacité à se rassembler pour embellir leur vie.

Voir son amie Kaylee tomber amoureuse et s'accoupler à James avait été un petit miracle. Ce n'était pas parce qu'elle pensait que Kaylee ne méritait pas un tel bonheur, mais plutôt parce qu'elle n'avait pas encore eu la chance d'être témoin de l'amour de quelqu'un si proche d'elle.

Jusque-là, son univers avait été très limité. Son frère avait été sa seule vraie famille. Après sa disparition, elle avait été dévastée. Être acceptée dans la famille Borealis comme elle l'avait été représentait beaucoup pour elle.

Elle ressentait une vive émotion en observant Alex le ronchon embêter sa compagne, et Lara le renverser sans peine au sol. Elle avait un talon aiguille de dix centimètres appuyé bloquant sa poitrine et montrait les dents. Alex leva les mains dans une imitation grossière de reddition et implora sa pitié.

Une main rencontra son épaule.

— Ça va ?

Amber se retrouva face aux yeux bleus perçants de Cooper. Les pointes aux reflets argentés de ses cheveux réfléchissaient toutes les couleurs de la boule à facettes dans l'angle de la pièce. Est-ce qu'elle allait bien ? Elle aurait aimé trouver le courage d'avouer ses sentiments à son collègue… enfin, à son patron.

Elle afficha un grand sourire de circonstances.

— C'est une fête fantastique. Je suis tellement heureuse pour ton frère. Euh, tes frères.

Il passait justement devant eux, Kaylee au bras. Tous les deux virevoltaient trop vite dans la salle bondée.

Cooper s'installa sur la chaise à côté d'elle et porta le regard sur la piste de danse.

— Ils ont été très chanceux. Ça a été une bonne année.

La musique battait son plein. C'était peut-être là qu'elle devait passer à l'action.

Elle était humaine, sa secrétaire qui plus est, mais il devait bien exister un moyen de contourner ces difficultés techniques. Cooper était l'homme le plus attirant à ses yeux.

Il avait un effet incroyable sur son cœur. À l'intérieur, là où ses liens familiaux et amicaux ne demandaient qu'à être remplis. La bonté de Cooper lui parlait. Ce ne serait peut-être pas la plus simple des relations, mais elle croyait qu'elle en valait la peine.

Amber inspira profondément, rassembla tout son courage et balbutia :

— Est-ce que tu veux danser ?

Elle parlait dans le vide.

Il s'était levé en silence, et il avait déjà traversé une bonne partie de la salle. Ses larges épaules se balançaient doucement et la personnalité flemmarde de son ours se lisait à travers sa démarche.

Quel homme sexy ! Quel homme sexy, agaçant, frustrant et pénible.

Chaque fois qu'elle parvenait à trouver le courage de dire quelque chose, il disparaissait.

C'était rageant au possible.

Amber Myawayan observa la salle avec attention. Il y avait des loups et des ours, et des pumas et des lynx, certains sous forme animale et d'autres sur leur trente-et-un, sous leur forme humaine. Ils faisaient tous la fête. Ils profitaient tous pleinement de la vie.

Cooper avait le regard dans le vide. Son expression était pleine de frustration et ses épaules étaient tombantes. Il était loin de l'image d'un homme joyeux.

Il devait se sentir seul.

Amber se dit qu'elle n'avait plus besoin d'avoir peur. Merveilleux. S'ils étaient destinés à être ensemble, elle pourrait améliorer leur situation aux côtés de son ours charmant.

Il y aurait également de nombreuses personnes prêtes à l'aider...

Ce n'était peut-être pas ainsi que les choses se passaient dans le monde humain, mais elle devait s'adapter à un mode de vie différent avec les métamorphes. Surtout avec les ours polaires métamorphes.

Amber se leva, remit sa jupe en place et traversa prudemment le gymnase pour rejoindre un véritable pilier sur sa chaise.

Mamie Laureen était sur la piste de danse avec Alex.

Amber s'installa donc sur le siège vide à côté du patriarche de la famille et se tourna vers lui, désinvolte. Elle lui offrit un sourire timide alors que son cœur battait la chamade.

Papy Giles haussa un sourcil et son sourire s'agrandit lentement lorsqu'il vit son visage.

— Bonjour, Amber. On dirait que quelque chose te tracasse.

Elle pouvait encore faire demi-tour, prétendre que ce n'était pas la raison pour laquelle elle était venue jusque-là, mais elle désirait bien trop Cooper pour mentir. Humaine ou pas, que cela complique les choses au travail ou non, ils méritaient *tous les deux* d'être heureux.

Elle répondit avec assurance :

— J'aurais peut-être besoin de votre aide.

Une compagne… sinon rien !

Quand le patriarche intrusif et déterminé de la famille leur impose une loi, les trois petits-fils de Giles Borealis, des ours polaires métamorphes, acceptent de suivre son décret. Cependant, James, Alex et Cooper ont chacun un plan bien différent en tête pour gérer la fièvre d'accouplement qui ne va pas tarder à se manifester. Seront-ils capables de lutter contre le destin ?

Spoiler : absolument pas !

La Fièvre des Ours
tome 1 : Une compagne convoitée
tome 2 : Une compagne insoupçonnée
tome 3 : Une compagne prédestinée

Vivian fait actuellement traduire ses nombreuses séries. Merci de consulter son site web pour toutes les dernières informations.
www.vivianarend.com/translations.

À PROPOS DE L'AUTEUR

Avec plus de 3 millions de livres vendus, Vivian Arend est une auteure de best-sellers figurant aux classements du *New York Times* et de *USA Today*. Elle a écrit plus de 70 romances contemporaines et paranormales.

Ses livres sont des romans intégraux qui peuvent se lire indépendamment de toute série et ne se terminent pas sur un suspense. Ce sont des histoires pleines d'humour et d'émotions, avec des moments sensuels et des fins heureuses. Vivian estime avoir le plus beau métier au monde. Elle habite en Colombie Britannique, au Canada, avec son mari depuis plusieurs années (l'inspiration de chacun de ses héros et un compagnon volontaire pour toutes sortes d'aventures).